最強ゴーレムの召喚士

異世界の剣士を仲間にしました。

こ　る
K　O　R　U

一迅社文庫アイリス

CONTENTS

Summoner of The Best Stone Golem.
最強ゴーレムの召喚士
異世界の剣士を仲間にしました。
人物紹介
ゴーレム
アイリレイアが召喚した、ストーンゴーレム。会話ができるほどの意思を持ち、体の大きさを自在に変えることができるため、この世に二体といない希有な存在として知られている。アイリレイアに対して、大変過保護な一面を持つ。
アイリレイア
国直属の召喚士。最強と名高いストーンゴーレムを使役している。お人好しなせいか、安い給料で年中無休で働かされ、常に過重労働気味。疲労困憊で倒れて、やっと休暇を取得できたため、現在、田舎暮らしを満喫中。

ミーナメーア

国直属の召喚士。
アイリレイアの学生時代からの友人。
頼れる姉貴分で、大変面倒見がよい。

ペイドン

国直属の召喚士を束ねる召喚局長。
アイリレイアを都合のよい出世の道具として使っている。

強人《ゴート》

異世界からやってきた剣士。訳あってアイリレイア達と行動を共にすることに……。
ゴーレムに警戒されている。

用語説明

・召喚士	主に、魔力を用いて召喚の魔法を使うことが得意な人のこと。召喚した魔獣を使役して馬車を引かせたり、遠隔地での文書のやりとりや、荷物の移動などの仕事をする者が多い。
・魔法使い	魔法陣を用いて魔法を使うことが得意な人のこと。
・記述棒	魔法陣を書くために必要な特別な白墨。
・標準的なゴーレム	泥や石などで造られた人造物。 意思はなく、契約者の命令で動く無機物。

イラストレーション◆hi8mugi

最強ゴーレムの召喚士　異世界の剣士を仲間にしました。

Summoner of The Best Stone Golem

序章

『お休みをください。　　　　　　　　　　　　アイリレイア＝セルベント』


召喚士としてこの仕事に就《つ》いてから、ずっと現場にしかいなかったせいで、休みの申請の仕方すら知らないアイリレイアの、その率直な直訴状《メッセージ》を携《たずさ》えた小さなゴーレムは、国勤めの召喚士のトップである、ペイドン召喚局長の執務机にそれを乗せた。

「御主人ちゃまは現在発熱により、出仕まかりなりましぇんので、代理で提出いたしましゅ」

東奔西走《とうほんせいそう》しているせいで、定まった家すらないアイリレイアは、兵士の宿舎すら用立ててもらえず。自腹で宿屋の一室を確保し、寝込んでいた。

「ふんっ、なんだこの紙は。申請するならば、ちゃんとした様式で――」

召喚局長の細い指が、紙を破ろうとしたそのとき。

ドゴッ！

鈍《にぶ》い音と共に、重厚で堅牢《けんろう》な執務机が彼の前から吹っ飛び、壁にめり込んだ。

それを目だけで追い、紙を手に持ったまま硬直した召喚局長に向かって、ゴーレムはゆっくりと一歩前に出る。

「五年間、ろくな休みもなく。誠心誠意、勤めてきた御主人ちゃまが、病床で一生懸命書いてくだしゃったそのメッセージを、貴様は受け取らないのでしゅか？　そうでしゅか。それは、残念でしゅね」

深い闇を宿すような漆黒《しっこく》の丸い目が、召喚局長を見上げた。

その目に魅入《みい》られたように目が離せない召喚局長の背を、だらだらと嫌な汗が流れ、紙を破ろうとしていた手がガタガタと震える。

「あ、い、いや、わかった！　三日、三日の休みを――」

「んんん？　おかしいでしゅね、この国では、五日お仕事をしたら、一日お休みがもらえるのではなかったでしゅか？」

ズシン――ミシミシミシッ……。

見た目よりもずっと重い足音をさせて、もう一歩ゴーレムが歩を進めると、堅牢なはずの床が悲鳴をあげ、召喚局長はがくがくと膝《ひざ》を震えさせた。

「わたくしはこの仕事に就いてからの五年間、御主人ちゃまが、丸一日お休みをもらっているところを、一度も見たことがないのでしゅ。どうしてでしゅかね？　しょういえば、御主人ちゃまの仕事を管理してるのって、誰でしゅたっけ？」

漆黒の丸い闇が、召喚局長を見上げる。

彼がまだ召喚局長補佐だった当時に目をつけてスカウトした、希有《けう》なゴーレムを使役する召喚士である彼女は、素直で大変使い勝手がよく。魔法学校を卒業した彼女を半ば無理矢理彼の直属にしてしまうと、単独で各地に派遣していた――彼にとって都合のいい出世の道具になっていることは、一部では有名なはなしだった。

召喚局長の顔色は紙のように真っ白になり、不思議なことに、彼の自慢である艶《つや》やかなダークブラウンの髪のなかにぽつぽつと白髪があらわれはじめる。

「そ、そうだな、い、いままで、尽くしてくれたアイリレイア＝セルベントには、長期の休暇《きゅうか》がひ、必要だろうな。存分に、休めるように、手配しよう」

いまにも倒れそうな顔でそう言った召喚局長に、ゴーレムはこてんと小首を傾《かし》げる。

「しょういえば、お給金というのは、どういう基準で、支給されているのでしゅか？　あれだけお休みなく、頑張っておりましゅ御主人ちゃまなのに……さっき案内してくだしゃった、新人の兵士しゃんのお給金よりも安いって、ご存じでしゅたか？　いったい誰が、御主人ちゃまのお給金を管理なしゃっているのでしょうね？」

くりんと丸かったゴーレムの目が意味深に細められ、召喚局長の毛という毛が、一瞬にして真っ白になった。

第一章　ある日、赤ちゃんを拾いました。

その国には、最強と名高いストーンゴーレムがいる。

体長は家の高さほどとも、天を突くほどともいわれ。召喚士の命じるままに、その巨躯《きょく》からは想像できないほど鋭い蹴《け》りを繰り出して、悪人や野獣や魔獣を容赦《ようしゃ》なく蹴り倒すという。

太古の軍神を模した彫像のような、雄々しい美を持つその造形は、彼を最強のゴーレムと呼ぶに相応《ふさわ》しく、見るものに畏怖《いふ》を与えた。

――ひと仕事終えた彼は、彼の主《あるじ》である召喚士の前にうやうやしく跪《ひざまず》く。

跪かれたのは、兵士と同じ動きやすさ重視の無骨な軍服を着て、その襟に国直属の召喚士であることを示す青色の縁取りをしたバッジをつけた若い女性だった。

甘栗色《あまぐりいろ》の長い髪を肩口で束ね、眉尻のさがった眉のしたには愛嬌《あいきょう》のあるくりんと大きな青い目、そして楽しそうによく笑う大きな口――召喚士である彼女は笑顔で、任務を果たした巨大なゴーレムを迎える。

ゴーレムはうやうやしく跪いたまま、深く響くような声でこう言うのだ。

「傷を得ることなく御前に戻りました。アイリレイア様へ、勝利をお贈りいたします」

＊＊＊

山を登るだけですっかりくたびれ果てたアイリレイアは、聞こえてくる激しい破壊音と争う声にびくびくしながらも、耳を澄まして目を凝《こ》らす。

何度経験しても怖かった、戦う場所に身を置くのをやめようと、何度思ったか知れない。だけど、何度もその弱気な心を振り払ってきた。

自分ひとりが安全な場所にいていいのか？　そんな無責任なこと、駄目に決まっている。

視線の先には、巨大なゴーレムが兵士達と共に戦っていた。

やがて、盗賊のアジトを強襲していた兵士達から、勝利の雄叫《おたけ》びがあがるのを聞いたアイリレイアは、安堵《あんど》してずるずるとその場にへたり込んだ。

「無事に終わったようですね。ゴーレムに来てもらうと、片付くのが早くて助かります」

アイリレイアの護衛としてそばに立っていた兵士のひとりがそう言い、ほかの二人も同意するように頷《うなず》いている。

「そう言ってもらえると、嬉《うれ》しいですー」

アイリレイアは三人から感謝されて、疲れた顔に愛想笑いを浮かべた。

大捕物《おおとりもの》が終わり周囲の安全が確保されると、事後処理の手伝いに兵士が離れたのを見計らって、アイリレイアはぐったりと肩を落とし、顔を仰向《あおむ》けた。

「さすがに、疲れたぁ。一日に三件なんて、無茶もいいところだわ」

本日三件目の任務に、使役しているゴーレムを伴って参加して……いや、実際はゴーレムが戦い、彼女は遠くから見ていただけで戦闘に参加しているわけではない。

しかし、訓練を受けたこともない一介のか弱い召喚士には、軍人と一緒に道なき道を通る山中の行軍は、それだけで体力を削られ、精根尽き果てるものだった。

そもそも、学生時代に最強のゴーレムを召喚したときに王宮勤めの召喚士に勧誘され、半ばだまし討ちのように、国付きの召喚士に任命されてからというもの。学校を出たてで右も左もわからないまま、国内で起こる荒事処理の手伝いのために、最強のゴーレムと共に西へ東へ駆り出されて、まともな休みなど取れた例《ため》しがなかった。

それもこれも、ゴーレムの力を待っている人達がいると思うからこそ、アイリレイアはへとへとの体に鞭《むち》打って頑張っていた。

だけど、明日は移動に一日かけて、隣の領の向こう端までいかなくてはならないことを思うと、溜《た》め息が出てしまう。なにせゴーレムは辻馬車《つじばしゃ》に乗車拒否をされてしまうので、徒歩で移動せねばならないからだ。

ゴーレムだけ歩かせて、自分だけ悠々と馬車に乗るようなことは、アイリレイアの良心が許さない。

もっとも、彼が普通のストーンゴーレムならば、アイリレイアもここまで心を砕くことはなかったかもしれない。

本来、ゴーレムというものは喋《しゃべ》らない。彼等《かれら》は、人の手によって作り出された人造物なのだから。

だが最強のゴーレムは違った。

「傷を得ることなく御前に戻りました、アイリレイア様」

へたり込んだアイリレイアのうえに影が差す。

巨大なゴーレムが彼女の前に跪き、朗々《ろうろう》と口上を述べると、アイリレイアは疲れた顔を笑顔に変えてねぎらった。

「うん、お疲れさま！　無事でよかったわ」

彼女のねぎらいを受けたゴーレムは、シュルシュルという音と共に、あっという間に体を縮め、いつもの大きさに戻った。

喋ることもそうだが、しかしそれ以上に異質なのは――

立ったアイリレイアの腰ほどの高さしかない、まるで箱を組み合わせてできたような、愛嬌のある小さなストーンゴーレム。四角い顔のなかに黒くまん丸の目と三角の口が、絶妙な位置で配置されている。

会話ができて、体の大きさを自在に変えられるゴーレムなど、この世に二体とないだろう。

「御主人ちゃま？　大丈夫でしゅか？」

まるで人間と同じように相手を気遣うゴーレムなど、アイリレイアはほかに知らない。

へたり込んだ彼女より少しだけ高い位置にある、黒くまん丸い目がアイリレイアをのぞき込み、舌っ足らずな高い声に心配そうな色を溢《あふ》れさせる。

アイリレイアはそんな愛らしいゴーレムに手を伸ばし、ぐったりと体を預けた。勿論《もちろん》ゴーレムは、アイリレイアの体重を受けたところでびくともしない。

「ちょっと、疲れちゃっただけー。大丈夫よ、こうやって、可愛いごーれむタンをぎゅーってしたら、すぐに元気になるわ」

アイリレイアは固いゴーレムの体にごりごりと頬ずりをして、疲れて火照《ほて》った体温を石の冷たさで癒やしたが――しかし、山をおりて宿に戻っても彼女の熱はさがらず、五年間働き詰めだったアイリレイアは――とうとう倒れてしまった。

＊＊＊

王都からそう遠くない場所にある、老人が多く住む村。

その村の召喚局長が借りあげた家で、アイリレイアはゴーレムと共に休暇《きゅうか》を過ごしていた。

今日は天気がいいからと、家の前の木陰に敷物を敷いて寝転んだアイリレイアは、休暇を間きつけた友人が、暇《ひま》つぶしにと贈ってくれた本をゆっくりと捲《めく》っていた。

しばらく黙々と本を読んでいたアイリレイアだったが、ぱたりと本を置いて大きく伸びをすると、大の字で寝転んだままクスクスと笑いを漏《も》らした。

「んふふ～、一生懸命働いてるといいことあるのね。いっぱい休んでいいなんて、夢みたい！　それに、頑張ったご褒美にって、たっぷりお小遣いまでくれて、お家《うち》まで用意してくれるなんて。一回しか会ったことないけど、召喚局長って太っ腹よね」

ご満悦のアイリレイアに、そばに控《ひか》えていたゴーレムが同意する。

「そうでしゅね。御主人ちゃまが、いつも頑張っているのを、ちゃんと見ててくだしゃったのでしゅね」

すっかり元気になったアイリレイアの様子に、ゴーレムは満足げに頷いた。

あの日アイリレイアの手紙を召喚局長へ届けたゴーレムが持ち帰ったのは、長期休暇とお小遣いという名の召喚局長からの慰謝料だった。

そして休みがあっても休むための場所がないのだと、ゴーレムが召喚局長に切々と訴え、こうして家も用意させ……用意してくれた。

敷物のうえでごろごろと転がったアイリレイアは、なにかを思いついたように勢いよく起きあがり、キラキラした目でゴーレムを見た。

「そうだわ！　時間もあることだし、今日こそごーれむタンの名前を考えましょう！」

突然のアイリレイアの宣言に、ゴーレムはまん丸の目をぱちくりと瞬《まばた》きさせた。

思い起こせば六年前。魔法学校の授業でゴーレムを召喚し、召喚獣同士で行われた試合に勝利を納めたときに、このゴーレムはアイリレイアに名を求めたのだ。

召喚士が召喚したものに名を授けることは、召喚したものへの無上の贈り物となることはアイリレイアも知っていた。だが、よほど強い召喚獣や、いい働きをする召喚獣でないと名が与えられることはない。

そのときは突然のことだったので、いい名が思いつかないからと保留になったが、それ以降も勝利を手にする度《たび》に名前を欲しがっていたゴーレムが――いつの頃からか名を求めなくなっていた。

アイリレイアは思い出したように、いい名前が思いついたらつけると口にするものの、今度はゴーレムがそれを固辞する。

今回も、ゴーレムは首を横に振って、拒否を示した。

「急がなくてもいいでしゅ。御主人ちゃまが、考え抜いた名を、くだしゃい。そうでしゅね、あと五十年くらい、悩んでくだしゃい」

「えええ～っ！　五十年なんていってたら、もうおばあちゃんになってるじゃない。下手《へた》をしたら死んでるわよ」

八十歳まで生きれば十分に長寿であるこの世で、平均寿命は六十歳前後だ。

「じゃあ、死ぬ前でいいでしゅよ。じっくり時間をかけて、この世にふたつとない、素敵な名前をくだしゃいね」

明るい声でプレッシャーをかけるゴーレムに、彼にとって名を授かるということは名誉のほかに――なにか重大な意味があるのだろうと、アイリレイアは察しながらも、必要なことならば、教えてくれるはずのゴーレムが教えてくれないということの意味を考えて、深く追求するのはやめ、代わりにほっぺたを膨《ふく》らませてみせる。

「うー、もうっ！　わかったわ、ごーれむタンがぎゃふんというような、素敵な名前をつけてあげるから、覚悟しなさいねっ」

「承知いたしましゅた。覚悟しておきましゅ」

律儀に返すゴーレムに、アイリレイアはむきーっと八つ当たりするようにのしかかって、ぎゅうぎゅうと力の限り抱きしめる。

勿論ゴーレムには、少しのダメージも与えられなかった。

＊　＊　＊

アイリレイアは、暇さえあればちょこちょこと散歩に出かける。

忙しく働いていたときのくせなのか、ジッとしていると、なんだかお尻がもぞもぞしてくるのだ。

女の子らしいワンピースの裾を翻《ひるがえ》していくところといえば――たった十軒ばかりの家と、空き家が数軒ぽつぽつと建っている村の周囲を、ぐるりと歩いてまわることだったり。家の裏手にある山を散策したり。村の西側を流れる小川に架かる、橋のうえから釣り糸を垂らして魚釣りをしたり。足の向くまま気の向くまま。

南に向かって伸びる村道を歩けば街道に出て、そこからしばらく歩けば宿場町があるお陰で物資にも不自由はなく。

老人ばかりのこの村は、最初はゴーレムを連れた召喚士が来ることに恐れを抱いて難色を示していたが。召喚局長の代理の人間が借家代にと提示した金を見て、首を縦に振っていた。

目立った産業もなく年貢を納めるので精一杯なこの村は、ほんの少しの間恐怖を我慢して、隣人として凶悪なゴーレムと、それを使役する召喚士を迎え入れることを決断したのだった。

果たして――

やってきたのはごく普通の若い娘で、天を突くほど巨大だと聞いていたゴーレムは、村人達がぽかんとしてしまったほど、小さく可愛らしい大きさだった。

最初はどう接していいものか距離感を計りかねていた村人達も、いつもにこにこしているアイリレイアと、愛嬌のある外見の小さなゴーレムに、時を置かずに心を許していた。

「あーあ、ごーれむタンは庭の柵を直してるし、もらった本はもう五回も読んじゃったし」

台所兼居間と寝室があるだけのシンプルな間取りの家で、暇を持て余していたアイリレイアは突然立ち上がると、窓に貼り付いて雲ひとつない青空を見上げた。

「よしっ！　今日は山にしよう」

アイリレイアはスカートのしたにズボンを穿《は》き、椅子に浅く座って編み上げのブーツの紐《ひも》をしっかりと結ぶと、傍《かたわ》らに置いてあった大きなカゴを腕に引っかけ、家を出た。

「ごーれむタン、ちょっと山にお散歩にいってくるわねー」

「待ってくだしゃい。そんな大きなカゴを持って、どうしゅるつもりでしゅか」

家の前で柵の修理をしていたゴーレムに声をかけると、怪訝《けげん》な声音《こわね》で問い返された。アイリレイアは、ゴーレムにパッと笑顔を向けると、キラキラした目で宣言する。

「勿論、山で山菜を取ってくるのよ！　たくさん見つけてくるからねっ」

もともと田舎《いなか》出身だったので、山菜の類《たぐ》いには強いアイリレイアは、いまの時期はどんなものが出ていたかしらと声を弾《はず》ませた。

ゴーレムは一瞬目を一文字《いちもんじ》にしてから、くりんと丸くした目をアイリレイアに向ける。

「ご主人ちゃまが、食べる分だけでしゅよ。取りしゅぎては、いけましぇんからね」

「えぇ〜っ。久しぶりだから、頑張ってたくさん取ってこようと思ったのに」

諭《さと》すように注意するゴーレムに、アイリレイアは拗《す》ねたように口を尖《とが》らせる。

「駄目でしゅ。山のめぐみは、みんなのものでしゅ。わたくしは、庭の柵を直しゃなくてはならないので、御一緒できましぇんが。くれぐれも気をつけてくだしゃいね、御主人ちゃま。いや、やっぱり柵の直しはあとにして、わたくしも御一緒いたしましゅ」

いそいそと道具を片付けようとするゴーレムを、アイリレイアは慌《あわ》てて押しとどめる。

「だーめっ。この村に来たときに決めたでしょ？　また仕事に戻ったら、四六時中一緒にいることになるんだから。この村では別々に行動する時間も作りましょうって」

心配性のお母さんのようなゴーレムの前にしゃがんで、アイリレイアは言い聞かせるようにそう言った。

それぞれの時間を持つことを提案したときも渋っていたゴーレムだったが、今回もアイリレイアの決定には逆らえず、不承不承頷いた。

「くれぐれも、お気をつけくだしゃいね。なにかあれば、すぐ呼んでくだしゃい」

「わかってるわよー。じゃぁ、いってきまーす」

アイリレイアはゴーレムの真っ平らな頭にちゅっとキスを落とすと、スカートの裾を翻して元気よく山に向かって歩き出した。

「アイリレイアちゃん、ゴーレムちゃんは一緒じゃないのかい？」

うららかな日差しのなか、カゴをさげて歩いていたアイリレイアは、曲がった腰で畑仕事をしていたリジンから声をかけられ、足を止めた。

ゴーレムを使役する召喚士として尊敬しつつも、笑顔を向けて気安い調子で声をかけてくれるリジンに、アイリレイアはにこにこと近づいていく。

この村に住みはじめて、すぐに仲良くなってくれたのも、隣人であるこの老婆《ろうば》だった。

「ええ！　今日、ごーれむタンはお留守番なの」

「あらあら、ひとりでお留守番なんて、偉い子ねぇ。それで、あんたは、山にいくのかい？　ちゃんと虫除《むしよ》けはしたの？　まぁ、してないの？　じゃぁ、ちょっと待っていなさいな」

最強のゴーレムを子供扱いするリジンはアイリレイアをその場で待たせると一度家へ戻り、虫が嫌う葉っぱで作った虫除けを持ってきて、アイリレイアにまんべんなくかけてゆく。

鼻に抜けるようなその虫除けの匂いは、最初はきつく感じたもののすぐに慣れて、清々《すがすが》しく香った。

「リジンおばあちゃん、ありがとう」

笑顔で礼を言うアイリレイアに、リジンも皺《しわ》の深いその笑顔を向けた。

「どういたしまして。あんた達が来てから、山もすっかり安全になったけど。なにがあるかわからないんだから、気ぃつけるんだよ？　あんまり奥に入っちゃ駄目だからね」

心配してくれる優しさが嬉しくて、アイリレイアはほっこりと頬を緩める。

「はーい。じゃあいってきます」

手を振って分かれ、意気揚々と山へと踏み出した。

山はいつになく穏やかで、村人達が踏んでできた小道を歩いていると、リスやうさぎといった小動物がとおりかかる。

リジンが言ったように、アイリレイアとゴーレムが居着いてからというもの、周辺に大きな獣が出なくなったせいか、山に分け入ってものんびりした雰囲気で、うららかな陽気と相まって素敵な散歩日和《びより》だった。

迷子にならないようにと目印をつけ、目に付いた木の実を取りながら山を登っていたアイリレイアの耳に、こんなところで聞こえるはずのない声が聞こえてきた。

「なにかしら……」

獣ではないその弱々しい声に、アイリレイアは息を潜めて耳を澄ませ、声のするほうへと足をすすめる。

木々がぽっかりとひらけたその場所に、ひと塊《かたまり》の黒い布が落ちていた。そのなかから、ふぇふぇと頼りない声が聞こえてくる。

アイリレイアは慌てて布の塊に近づくと、恐る恐る布を捲《まく》った。

「あら、あら、あら、あらっ」

声から予想はしていたアイリレイアだったが、布に包《くる》まれていたのは小さな赤子だった。

初夏とはいえ、夜になれば肌寒くなるこの時期。赤子に衰弱している様子がないことに安堵しつつ、アイリレイアは持っていたカゴの中身をひっくり返すと、黒い布に埋もれて顔を赤くして泣いている赤子を布ごと慎重に抱え上げ、空にしたカゴのなかにそっとおろした。

ふぇぇふぇぇ、と切なく頼りないその声が止《や》むようにと、カゴを抱き上げてゆっくりと揺すりながら、アイリレイアは優しく優しく声をかける。

「もう大丈夫よ。私と一緒に、村にいきましょうね」

アイリレイアの声に反応したのか、泣き声は次第に小さくなっていく。

「ふふふっ、いい子ね」

真っ黒な髪の毛に、クリーム色の肌。

いまはぎゅっと閉じている目は何色だろうかと思いながら、アイリレイアが柔らかな頬に指先を触れさせた途端《とたん》、ぱちっとその目が開いた。

涙をたたえた澄んだ瞳が、真っ直《ます》ぐにアイリレイアを見上げる。

「あら、黒い目だわ。黒髪に黒い目なんて素敵ね」

泣き止んだ赤子の愛らしい顔立ちに、思わず笑みが零《こぼ》れてしまう。

それからハタと顔を強張《こわば》らせ、果たしてこんな可愛い子を捨てる親などいるのだろうかと疑問が湧き出した。

だけど、アイリレイアがいくら周囲を見まわしても人のいる気配はなく、やはりなんらかの事情で捨てられた子なのかと結論づけて、赤子に視線を戻して、ズキズキと痛む心中を表には出さずに、安心させるように微笑《ほほえ》んだ。

「大丈夫よ、あなたは私が……ううん、私達が守ってあげるからね。私達の、家族になりましょうね」

アイリレイアはそう赤子に語りかけると、カゴの持ち手をしっかり掴《つか》み、ここに来るまでにつけてきた目印を辿《たど》って、坂道で転ばないよう慎重に村へと引き返した。

＊＊＊

山をおりたアイリレイアは、赤子を見てなにか言いたげだったゴーレムを、大急ぎで羊飼いのところへミルクを分けてもらいに走らせ。仕事で使っていた鞄《かばん》を引っ張りだすと、滅多《めった》に使わない魔法陣を書くための記述棒という道具を取りだした。

アイリレイアは大きな桶《おけ》を用意すると、桶の底に魔法陣を描きあげ、指先を触れさせてゆっくりと魔力を注ぐ――

「ああもうっ！　これだから魔法は苦手なのよ」

折角《せっかく》書いた魔法陣の線が、プスプスと煙をたててかすれる。

魔法陣がどこか間違っていたらしく、魔法が発動しないことに焦《あせ》りながら、失敗した魔法陣を濡《ぬ》れた布巾《ふきん》でこすって消す。

「ケチらないで湯沸かしケトル君くらい、買っておけばよかったわ」

魔道具である湯沸かしケトル君は、一個で平民のひと月の収入に相当する高価なもので、魔力さえあれば一瞬で湯が沸くというとても便利な道具だった。

「もう一回っ！　落ちつけぇ、落ち着けばできる！　あの、過酷な、魔法学校の日々を思い出すのよアイリレイア！」

召喚の魔法は、乾いた土が水を吸収するようにするすると覚えることができたが、なぜか普通の魔法を使うための魔法陣を覚えることは苦手で、その授業の単位を取るのは歴史や計算の授業よりもよっぽど手こずった。

魔法学校在学中に、居残りさせられて百や二百じゃきかないほど魔法陣を書いてきたことを思い出す。

深呼吸して目を閉じ、魔法陣の構成をもう一度思い出して記述棒を握りなおしたアイリレイアは、今度は焦らず丁寧《ていねい》に魔法陣を描き、その端に指をあてて魔力を込めた。

ザプンッ――あっという間に大きな桶一杯にお湯が出現する。

「あちちっ！　やった、成功っ！」

二回目で魔法が成功したことにホッとしたとき、羊飼いからミルクを分けてもらったゴーレムが帰ってきた。

「御主人ちゃま、ミルクもらってきましゅたよ」

「ありがとう、ごーれむタン！」

お湯を小鍋に取ってミルクをいれたカップを温めている間に、残ったお湯に水をいれて人肌にぬるめた湯で赤子を洗い、清潔な布に包んだ。

それから、温めたミルクを四苦八苦しながら赤子に飲ませ、ぐずぐずと泣きそうになった赤子をだっこであやせば、けぷっと可愛い息が小さな口から零れた。

「赤ちゃんもゲップするのね」

「小さくても人間なんでしゅね」

アイリレイアのどたばたに付き合っていたゴーレムもやっと一息つき、アイリレイアの腕のなかで、満腹になって微睡《まどろ》みはじめた赤子をそろりとのぞき込む。

「これが赤ちゃんでしゅか」

「そうよ、これが赤ちゃんよ。可愛いわよね、ほら、こんなにぷにぷにしてるわ。ふふふっ、柔らかくて、温かい」

ふっくらとした頬に頬を寄せれば、ふわりと柔らかな弾力が頬を押し返してきて、アイリレイアは胸のなかに広がるぬくもりに表情を蕩《とろ》けさせた。

「私ももう二十歳だし、このくらいの子の一人や二人、いてもおかしくないのよね」

仕事が忙しすぎて、結婚どころか恋人すらいないアイリレイアが感慨深げに溜め息を零す。

いや、仕事よりもなによりも、恋人ができない一番の原因はゴーレムだった。

ゴーレムが本当の父親よりも厳しい目でアイリレイアに近づく男達に睨《にら》みを利《き》かせ、堂々と排除し続けるせいで、アイリレイアは結婚するのをすっかり諦《あきら》めていた。

ゴーレムの真っ黒な丸い目が、アイリレイアを見つめる。

「でしゅが、ミーナメーアも、結婚したのは最近でしゅ。確か、お年は三十――」

「しっ！　彼女の年齢を話題にしたら、ごーれむタンの頭にお花畑を作られるわよっ。魔法学校時代、彼女に遅咲きの召喚士なんて渾名《あだな》をつけた人が、どうなったか覚えてるでしょ？」

アイリレイアの友人の年齢を口にしたゴーレムに、アイリレイアは目を剥《む》く。

「……覚えておりましゅ。頭に、綺麗《きれい》なお花が咲いておりましゅた」

真剣な顔で忠告するアイリレイアに、ゴーレムはこくこくと小さく頷き、石でできたすべすべの頭をこする。

ミーナメーアはアイリレイアよりも十歳ばかり年上の同期の召喚士で、基本的には気風《きっぷ》がよく明るい女性なのだが、自身の年齢の話題になると怒りの沸点がすこぶる低くなる。

学生時代に禁句を口にした男子学生が、彼女の魔法で召喚されたホタル花と鈴鳴草《すずなりそう》という特殊な植物を頭に生やされる事件があった。

夜になると発光するその花と、昼夜問わずささやかに鳴り続ける鈴の音のせいで寝不足となり、あわや落第というところまで追い詰められた彼は、泣きながら平身低頭でミーナメーアに謝罪した。

彼を冷めた琥珀色《こはくいろ》の目で見おろすミーナメーアの迫力に、その事件以降、彼女に年齢が絡《から》んだ話をする者はいなくなった。

ミーナメーアの禁句を思い出したゴーレムに満足しながら、アイリレイアは居住まいを正して決意表明する。

「ということでっ！　この子は、うちの子にします」

「話の脈絡がわかりましぇんが。わたくしは、賛成いたしかねましゅ」

腕のなかで眠る赤子を起こさないように、だけど力強く宣言したアイリレイアの言葉をやんわりと拒否したゴーレムに、アイリレイアは頑《かたく》なな姿勢を取る。

「駄目、この子はウチの子にするのよ。もう決めました」

がんとして聞かないアイリレイアに、ゴーレムは首を傾《かし》げる。

「なぜでしゅか？　わたくしたちのように、色んなところへいかなければならないお仕事で、育てられましゅか？　町にいけば、きっとこの子をもらってくれる人がいましゅよ」

正論を言うゴーレムに、アイリレイアは泣きそうな表情でイヤイヤと顔を横に振る。だって決めたのだ、この子を家族にするのだと。

きっとこのままでいけば、ゴーレムと二人で体にガタがくるまで仕事を続けることになるだろう。そうなれば、絶対に結婚なんて無理で、ましてや子供を持つことなど夢のまた夢だと、アイリレイアは確信している。

だからこの子は、アイリレイアとゴーレムに神様がくださった家族なのだ。アイリレイアは赤子をはじめて抱きあげたときにそう直感していた。

……いや、そう思い込みたかったのかもしれない。直感でも、思い込みでも、アイリレイアにこの子を手放す気は微塵《みじん》もなかった。

「大変かもしれないけど。この子はうちの子にするの、大切に育てるって決めたの」

頑なな表情を崩して、泣きそうな目で訴えてくるアイリレイアに、ゴーレムは沈黙した。

そもそも、契約者の意向に逆らえるようにはできていないのだ。死地に向かえと命じられれば、それに従うのが使役されているものの使命。

とはいえ、アイリレイアが積極的にゴーレムに命令をすることは滅多にない。いつも彼女はお願いばかりを口にする。

だからこそ、今度のアイリレイアの強固な姿勢に、ゴーレムは折れるしかなかった。

「仕方ないでしゅね。なにがあっても、御主人ちゃまは、わたくしがお守りいたしましゅ」

含みのある言い方をするゴーレムには気づかず、アイリレイアはパァッと顔を輝かせる。

「ありがとう！　ごーれむタン大好き！　二人で大切に、育てましょうねっ」

ゴーレムの腕を引いて近くまで寄せると、チュッチュとその四角い頭にキスを降らせる。その間、ゴーレムは身動《みじろ》ぎもせずに固まり、アイリレイアが離れてからやっと動きだして、赤子を洗うのに使った桶を慎重に持ち上げた。

「お湯を捨ててまいりましゅ」

「ありがとう。お願いね」

むずかるように動いた赤子に気を取られて、目を離せないまま礼を言うアイリレイアから丸い目を逸《そ》らしたゴーレムは、湯を捨てるために外に出ていった。


折角アイリレイアが用意したお湯をそのまま捨てるのも勿体《もったい》ないと、赤子が包まっていた黒い布をそのなかにいれて慎重な手つきで……四角いその手が、どうしてものを掴めるのかという不思議議は置いておいて。器用に布を洗っていく。

家の裏でジャブジャブと洗い物をしているゴーレムに、家のなかから柔らかな笑い声が聞こえてくる。

「――ふふふっ。赤ちゃんっていい匂いなのね、柔らかくて……あったかい。あなたは、今日からウチの子になるのよ」

赤子にはなしかけるアイリレイアの幸せそうな声に、ゴーレムはぴたりと動きを止めた。

パシャン
洗濯物を桶に落としたゴーレムは、濡れた自分の四角く固い両手を丸い目で見おろす。

カタくて、ツメタイ……らしい自分の手。

ゴーレムには、感覚がない。

痛みも感じなければ、熱も感じない。勿論、匂いも、肌の柔らかさを知ることもない。

置物のように身動きを止めていたゴーレムはゆっくりと動きだし、桶のなかに落とした布を拾いあげると、破かないように慎重に手を動かした。

＊＊＊

「ダイラルンガの葉、ルイルの蔦《つた》、朝日を受けた水」

ミーナメーアはウェーブのかかった赤毛を背中に流し、染色粉でほんのり赤く染まった指先で用意した材料をそっと摘《つ》まんで、魔道具のミキサーにいれると、魔力をそそいだ。

ギュィィン……と、細い刃が、ミキサーのなかの材料を切り刻んでいく。

新居に移るにあたり、旦那様とは別に作ったミーナメーア用の書斎で、欠伸《あくび》をかみ殺しながら召喚のための媒体を作る。

軍部に勤める旦那様が、ここ数日仕事が立て込んでいて仕事場に泊まり込んでいるのをいいことに、ミーナメーアは仕事から帰ると夜遅くまで書物を読み、召喚魔法の実験をするという悠々自適な生活を謳歌《おうか》していた。

「ああ、いい色合いだわね。さて、今日はちゃんと書いてくれてるかしら」

ミーナメーアはできあがったとろりとした緑色の液体をひとさじ口に含み、味わわないように一息に飲み込むと、両手をテーブルのうえに置いて魔力を込めて呪文を唱える。

「我望む、アイリレイアからの手紙」

魔力と引き替えに、ひらりと一枚の封筒がテーブルのうえに舞い落ちた。

ミーナメーアはすぐさま、青臭いえぐみの残る口に最愛の旦那様がお土産にくれた甘いアメを放り込むと、舌のうえで大切に転がしながら、楽しみにしている年下の友人からの手紙の封を切る。

学生時代から変わらない綺麗な字で綴《つづ》られた手紙を読みすすめたミーナメーアは、数行も読まぬうちにその眉間《みけん》に皺を寄せ、手紙を読み終えると険しい顔のままペンを取っていた。

親愛なるミーナメーア様
先日山を散歩していたら、赤ちゃんを拾いました。
三日経《た》ったら、私よりも大きくなってしまいました。
噂《うわさ》には聞いていましたが、赤ちゃんというのは、本当に成長が早いものなのですね。とっても驚きました。（以下、誤魔化《ごまか》すように四方山話《よもやま》が続く）

親愛なるアイリレイアへ
驚いたのはこっちだ！

それは、人の子じゃないと思われます。手遅れになる前に、もとあった場所に戻していらっしゃい！　いい！　絶対よ！
大体アンタは、しっかり者に見えて、抜けてるところがあるんだから。ちゃんと他人を警戒することもしなきゃ駄目よ――（以下、お説教）
そうそう、最新の魔力の研究で、魔法使いと召喚士が根本的に違うものであるという論文が出て、話題になってるわ。折角だから、論文の写しを同封しておくわね。

親愛なるミーナメーア様
論文、ありがとう！　とても興味深かったです！

脳が得意分野に優先順位を持っているという考え方に納得しました。

魔法の覚えが悪いのは、私が悪いわけじゃなかったのね！

あと、ええと、その……もとの場所に戻すのは手遅れでした。（※てへっ、と舌を出すゴーレムのイラストが、余白に書かれている）

＊　＊　＊

四苦八苦しながら、赤子を世話して三日目。

アイリレイアのベッドのうえ。

彼女の横でちんまりと寝ていたはずの、小さくて、柔らかくて、温かな赤子は——すっかり大きくなりました。


朝の光を受けるベッドに座って、寝間着姿でポカンとしているアイリレイアの前で、裸の腰をシーツで覆《おお》い、正座して深く頭をさげている黒髪の青年がひとり。

「故《ゆえ》あって、赤子の姿になっておりました。拾っていただき、本当にありがとうございます。あなたが見つけてくれなければ、自分はきっと、あそこで死んでいたでしょう。あなたは命の恩人です」

そう言って、ゆっくりとあげた顔は、あの赤子の雰囲気を残す、細面《ほそおもて》のキリリとした精悍《せいかん》な若者だった。

赤子のもっともわかりやすい特徴だった真っ直ぐな黒い髪は胸まで伸び、一重の黒い目は涼しげな切れ長で、真摯《しんし》にアイリレイアを見つめている。

「あ、あの、ええと」

あまりに真っ直ぐに見つめられて狼狽《ろうばい》するアイリレイアの前に、ずいっとショールを持つゴーレムの手が割り込んできた。

「それ以上、御主人ちゃまに近づくな」

薄い寝間着姿のアイリレイアに厚手のショールを差し出したゴーレムは、黒髪の青年を牽制《けんせい》するように、漆黒《しっこく》の目を向ける。

しかしその目に青年は臆《おく》することなく、ゴーレムに向き直ると深々と頭をさげた。

「ゴーレムタン殿も、ありがとうございます」

アイリレイアが愛称でごーれむタンと呼んでいるままに、ゴーレムを呼んだ彼に、ゴーレムは丸く黒い目を、不機嫌そうに一文字に変えた。

「ごーれむタンと呼んでいいのは、御主人ちゃまだけでしゅ」

「左様《さよう》ですか、失礼いたしました。自分の名は強人《ゴウト》と申します。あなたのお名前をお聞きしても、よろしいですか？」

丁寧に名乗ってから名を聞いてきた強人に、ゴーレムは沈黙する。

その無言をフォローするように、ゴーレムから受け取ったショールを肩に巻いたアイリレイアが口を挟む。

「あなた、ゴートっていうのね。私はアイリレイア＝セルベント。ごーれむタンには、名前はないの。ゴーレムっていうのは、種族の名前よ」

こたえたアイリレイアに、強人は表情を輝かせる。

「アイリレイア＝セルベント様ですか、素敵なお名前だ。彼には、名がないのですか？　あ、いいえ。そうなのですか……こちらでは、そういう風習なのでしょうね。では種族名で、ゴーレ

ム殿とお呼びしてもよろしいですか？」

うっとりとアイリレイアの名を褒《ほ》めてから、ゴーレムの名はないと聞かされて驚いた様子をみせた強人が気を取り直したように呼び方を確認すれば、ゴーレムはアイリレイアの促《うなが》すような視線を受けて、不本意そうな沈黙のあとでそれを承諾《しょうだく》した。

「仕方ありましぇんね、それでかまいましぇん。それよりも、御主人ちゃまのお着替えの邪魔でしゅ、こっちに来なしゃい」

「わっ！　うわわわっ、ちょ、待っ」

強人が腰に巻くシーツの端を引っ張って歩き出したゴーレムに、強人は外れそうになる腰のシーツを慌てて押さえて、引きずられるようにアイリレイアの寝室から連れ出されていった。

残されたアイリレイアは、ごそごそとタンスをかき回して、お気に入りのワンピースを引っ張りだす。仕事のときは、いただきものの軍服で過ごしていたので、ワンピースはこの村に越してきてから買ったものだった。

また色々な地方を飛び回る仕事に戻れば、着る機会がなくなり荷物になるだけなので、そのときは古着屋に全部売ればいい。

髪を丁寧にとかして肩口でまとめると、ぐーぅとお腹《なか》が鳴る。

なんでも器用にこなすゴーレムだったが、食事だけはアイリレイアの受け持ちだった。味見のできないゴーレムには、なにもかもが目分量で作られる料理という作業は、難しいらしい。

「さぁて！　朝ご飯でも作りますかぁっ！」

バーンとドアを開けて部屋を出たアイリレイアに、二対の視線が集まる。

「御主人ちゃま、いつも言っておりましゅが。ドアは、静かに開けてくだしゃい」

「はぁい」

ゴーレムに注意されて、ばつが悪そうにそっとドアを閉めたアイリレイアは、黒い服に身を包んで、長い黒髪を頭の高いところできりりと括《くく》った強人を見つけ、上から下までまじまじと見た。

「ゴートったら、真っ黒でひょろっとして、まるで影法師みたいね？　でも似合ってるわよ！それは、あなたの故郷の服なのかしら？　素敵な服ね」

異国情緒漂うその服があまりに似合う強人に、照れくささ混じりに影法師と呼んでしまったアイリレイアの言葉どおり。スラリとした体型に、漆黒の上衣の腰に固い帯を締めた服を着た強人は、髪色と相まって闇に紛《まぎ》れるような出《い》で立《た》ちだった。

「影法師……」

「あっ！　朝ご飯作るから、ちょっと待っててね」

アイリレイアは軽くショックを受けている強人にそそくさと背を向けて台所に立つと、二人分の朝食を作りはじめた。

厚めに切ったパンに、火に炙《あぶ》って溶かしたチーズを乗せた軽い朝食をテーブルに乗せ、赤子だった強人のために、朝一番にゴーレムが羊飼いからもらってきたミルクをポットで温めて二つのコップに注ぐ。

「どうぞ、召し上がれ」

アイリレイアはテーブルに一脚しかない椅子を強人に無理矢理勧めると、自分は立ったままで食事をはじめた。

テーブルにはゴーレムもいるが、そもそも食事をとる必要がないので、静かに立っている。

「いただきます」

出された食事に向かって丁寧に手を合わせてから食事をはじめた強人に、アイリレイアは興味津々《しんしん》で目を輝かせた。

「食事の前に、いただきます、っていうの？　面白い習慣ね。ねぇ、ゴートって何者なの？　もしかして魔人なのかしら？」

魔人とは物語に度々登場する、知性を持つ人の形をした魔獣である。

人を惑わし死へと誘う者、人あらざる力を以《もっ》てすべての理《ことわり》をねじ伏せ、万物の頂点に立とうとする者として描かれる想像上の凶悪な生き物だ。アイリレイアは、強人のどんなこたえでも受け止める覚悟を決めて、わざと真正面から彼に魔人疑惑をふっかけた。

「いえ、普通の。……普通の、人間です」

少し躊躇《ためら》いを含んだ強人のこたえに、アイリレイアはきょとんとした顔で首を傾げる。

「普通の人間は、三日でこんなに大きくはならないものよ？」

「御主人ちゃまは、容赦ないでしゅね」

楽しげにそう言ったゴーレムの頭を撫《な》でてから、アイリレイアは促すように笑みを強人に向ける。

その微笑みを見て、強人は意を決したように、食事の手を止めて膝に手を置くと、しっかりと彼女に対峙《たいじ》した。

「俺は、この世界の人間ではありません。ここことは違う世界から、秘術を使い、こちらの世界に渡って参りました」

思ってもみなかった告白に、アイリレイアは目をぱちくりと瞬《また》かせる。

「世界？　渡る？　ひじゅ、ひーじゅーちゅ？」

「なぜ、こちらの世界に来る必要があったのでしゅか？　界を渡るのは、生半可なことではないはずでしゅ」

うまく秘術と言えないでいるアイリレイアを置いて、ゴーレムがぎょろりと黒く丸い目で強人を見上げた。アイリレイアにはいまひとつわからない事柄だったが、ゴーレムは理解しているらしく、強人に質問を投げかける。

可愛らしい語尾とは裏腹に、ゴーレムの声は厳しさをまとっていて、強人は逸らすことなくその目をしっかり見返すと、重々しく頷いて口を開いた。

「そのとおりです。運がよければ生きながらえる、そんな術です」

強人は一度目を伏せ、自分の手のひらを見つめるときつく握りしめて言葉を続けた。

「渡った先に、呼吸可能な空気があるのか。食料があるのか。見たこともない、凶悪な生物がいる可能性だって考えられる――そしてなにより、界を渡り、その世界に馴染《なじ》むためには、一度、肉体の組織を組み直さなければならなかった。結果、この世界に適応するために、再構成された肉体は赤子分ほどしかありませんでした」

アイリレイアは強人の使った術の恐ろしさに言葉を失い、会話を聞くので精一杯だった。

「死ぬ可能性のほうが高いでしゅね。そんな賭《か》けをするのは、馬鹿でしゅよ」

呆《あき》れたようなゴーレムの言葉に、強人は自嘲《じちょう》するような笑みを小さく浮かべて頷く。

「ええ、馬鹿のすることです。それでも、俺は、その術に賭けるほかなかった……。その結果赤子になった俺は、野犬ほどの大きさの獣が来れば容易《たやす》く殺されてしまう状況に恐怖し、本能のままに泣き叫んだ――そのときに、アイリレイア様、あなたが拾いあげてくださった。あなたの腕に抱かれて、どれほど安堵したことか」

真摯な目が、真っ直ぐにアイリレイアに注がれた。

熱い視線を受けてどぎまぎするアイリレイアに、ゴーレムは目を一文字にして、強人に視線を戻す。

「命を賭けてまで、どうしてここに来たんでしゅか」

アイリレイアも知りたかった質問をゴーレムが投げかける。強人は少し躊躇ったものの、ここで二人からの信頼を得ることが重要であると腹を括り、口を開いた。

「俺は……俺の血を絶やそうとする人間から、逃れるために。いや、生きて界を渡ることで、俺の血が、まだ絶やすべきものではないことを確認するために、この世界に来ました」

アイリレイアは強人の膝に置かれた手が、きつく握りしめられているのを見て、彼の覚悟を垣間見《かいまみ》た。そして、彼の痛々しさに、息苦しさを覚えた胸をそっと手で押さえる。

「世界を渡るという大博打《おおばくち》に勝利した。それこそが、この血脈を、あの世界が認めている証拠に違いないんだ」

「世界の意思を、試したのでしゅか」

自分に言い聞かせるように呟《つぶや》いた強人に、ゴーレムは呆れたように言った。強人はその言葉にキッと顔をあげて、ゴーレムを見つめた。

「そうする以外に、確証を得る方法はなかった。それにこちらの世界も、俺を受け入れてくれた。そうでなければ、三日でここまで戻ることはないはずだから」

ゴーレムに向かって毅然《きぜん》と言った強人の強い信念を察したアイリレイアは、胸を押さえていた手をおろして、わざと明るい声で二人の会話に割り込んだ。

「大変だったのね。それで、ひじゅ……その力で、こっちに来たのは、ゴートひとりなの？　ほかの人も同じように、こっちに来ていたりする？　んーと、家族の人とか」

「いいえ、この秘術を使えるのは、いまは俺だけなので。俺ひとりです」

質問の意図を計りかねて戸惑いをみせる強人に、アイリレイアは質問を重ねる。

「ならよかった。もし、ゴートみたいに赤ちゃんになって山のなかにいたら大変だものね。ゴートは、こっちの言葉を喋っているけど、こっちの世界と、そっちの世界は同じような感じなのかしら？　ええと、習慣とか生活の仕方とか」

矢継《やつ》ぎ早《ばや》に尋ねるアイリレイアに、強人は首を横に振る。

「いえっ、言葉は、たぶん、秘術の影響で不自由がないのだと思います。こちらの常識は、わかりません」

真っ直ぐな黒い目が赤子だったときの彼とダブり、あのとき心に決めた——なにがあってもこの子を大切に育てると決意したのを思い出したアイリレイアは、真摯にこたえる強人にニッコリと微笑んだ。

その笑顔を見たゴーレムは、彼女がこれから言い出すであろう言葉を察して、丸い目をそっと一文字にした。

「それなら、ゴートがこの国で生きていけるように、私とごーれむタンで、常識を教えてあげるわ！　この家で、一緒に暮らしましょうっ」

アイリレイアが意気揚々と宣言した言葉に、強人は慌てる。

「しかし、女性の暮らす家に、転がり込むわけには——」

「ひとりで暮らしているわけじゃないわ、ごーれむタンがいるもの。いいの、いいの！　ゴートひとり増えたくらい、どうってことないわよ、ねっ？」

同意を求めるように、ゴーレムのほうを向いて可愛らしく首を傾げてみせたアイリレイアに対して、目を一文字にしたままのゴーレムは、少しの沈黙を挟んだあとにカクンと頷いた。

明らかに、嫌々頷いている。

強人でも察したそれを、わかっているのかいないのか、アイリレイアはパァッと笑顔になって強人を見た。

「ほら！　ごーれむタンもいいって。これからよろしくね、ゴート」

満面の笑顔で握手を求めるように差し出すアイリレイアの手を見た強人は、その手を取っていいものか躊躇っていると、目を丸く戻したゴーレムから手を取れと促された。

「御主人ちゃまの善意は受けておきなしゃい、あとで倍にして返せばいいでしゅ」

「承知した。必ずや、倍にしてお返しすることを誓う」

決意を込めた声でゴーレムに返事をし、アイリレイアに向き直って手を差し出した。

「アイリレイア様、よろしくお願いいたします」

両手でぎゅっと握ってきた強人の手を、アイリレイアはしっかりと握り返す。

「うんうんっ！　こちらこそよろしくねゴート。でも、これから一緒に暮らすんだから、サマってつけるのはやめてね。堅苦しい言葉遣いも、やめてほしいな」

にこにこしながらお願いしてくるアイリレイアに、強人はもごもごと口を動かしたあと、おずおずと彼女の願いを受け入れた。

「承ち……いえ、わかりまし……わかった、どっちも直していくよ、アイリレイア。これで、いいかな？」

「ええ！　とてもいいわ！」

言いにくそうに言葉を紡ぐ強人を、アイリレイアは手放しで褒める。

彼女が向けてくれる笑顔を、強人は照れくさそうに受け止めた。——強人のいた世界では、名を呼び捨てにするというのは伴侶《はんりょ》にのみ許されることだったから。

勿論、それはアイリレイアの知らぬところ。強人も、こちらの世界にそういった常識はないだろうと察しているが、ときめいてしまうのはどうしようもないことだった。

「アイリレイア」

「なあに？」

もう一度確かめるように名を口に乗せた強人に、アイリレイアは小首を傾げる。その愛らしい仕草に、強人は少し頬を赤くしてはにかんだ。

ガゴンッ！

頑丈な柱の角を叩《たた》いたゴーレムが、目を一本線にして強人を無言で見つめている。

「わたくしのことは、呼び捨て、不可、でしゅ」

殺気混じりのゴーレムの視線が、強人を射貫く。

強人の様子を見て、呼び捨てにすることに意味があることを悟ったのであろうゴーレムの察しのよさに、強人は戦々恐々として頷いた。

「もうっ、ごーれむタンったらっ！　そんな意地悪言わなくてもいいじゃない、ねー？」

「意地悪じゃないでしゅ。上下関係は、大切でしゅ」

アイリレイアが取りなすようにゴーレムに声をかけるも、ゴーレムの意思は固く。結局強人に、ゴーレムを呼び捨てにする許可は出なかった。

「アイリレイア、ゴーレム殿。どうか、よろしくお願いします」

深く頭をさげた強人に、ゴーレムは目を細くして無言を通し、アイリレイアは晴れやかな笑顔で、「こちらこそ！」と弾むような声でこたえた。

第二章　のんびり？　田舎暮らし。

親愛なるミーナメーア様

先日、村長さんからの依頼で、ごーれむタンと用水路を作るお手伝いをしました。

川の水を引き入れて、村中の畑に行き渡らせるのは大変なことなんですね。

ごーれむタンは大きくなるまでもないからと言って、小さなまま凄《すご》い勢いで土を掘っていたんだけれど。近くの町や村から手伝いに来ていた人達が、目を丸くして見ていました。

ごーれむタンのお陰で、ひと月掛かりの作業が二日で終わったと、大喜びされました。

今度、隣の村にもお手伝いにいってきます。

親愛なるアイリレイアへ

ちょっと待ちなさい、あの赤子はどうなったの？　あれから音沙汰《おとさた》がなくて、やきもきしてたあたしの気持ちを察しなさい。

用水路については、ご苦労様でしたとゴーレムに伝えてください。報告書はいつもどおりこちらであげておきます。っていうか、もうそろそろ、あたしを頼らずに、自分で報告書を書きなさい！

日常的に使う書類の様式と、例文を冊子にしておきました。折角《せっかく》の休暇《きゅうか》なんだから、しっかり覚えなさいね。

親愛なるアイリレイアへ
ちょっと、返事はどうしたのよ！　あの赤子はどうなったの！

大きくなったんでしょ？　まさか、一緒に暮らしてるんじゃないでしょうね？

ところで、書類様式はもう覚えた？　次の手紙には報告書を同封しなさいね、問題がなければ、そのまま管理課のほうへ回しておきます。報告をサボっちゃ駄目よ？　休暇中の仕事は成果報酬がもらえるんだからね！　お金はいくらあっても、困らないんだから。

王都では、エルスエン川に架《か》かる橋の架け替え工事がはじまりました。また、陛下のことを浪費王なんて言いだす貴族が湧いてます、橋が落ちてから架けるほうがよっぽどお金がかかるのに。目先のことしか考えられない、バ……げふんげふん。

前回の堤防建設だって、散々反対していたけど。あれがあったから、二年前の大雨でも川が氾濫《はんらん》しなかったってコト、もう忘れてるのかしらね。


アイリレイアはミーナメーアがわかりやすく作ってくれた様式集を参考にしながら、用水路を作る手伝いをした分の報告書を書き上げ……正直にいって、面倒くさかった。アイリレイアは、いままでミーナメーアに丸投げだったことを反省し、今後はちゃんと自分で書こうと心に決めた。

できあがった報告書を横に置き、便せんを取りだしたアイリレイアは、ミーナメーアへの手紙をどう書いたらいいか頭を悩ませていた。

「ゴートのことは……ちょっと書きにくいのよね。ミーナメーア、きっと魔物かなにかだと思ってるだろうし」

自分がそんな書き方をしたのが悪いとはわかっていながらも、大切な友人に嘘《うそ》を書くのも気が引けて、ちっとも筆が進まないでいた。

それでも、うんうん唸《うな》りながらなんとか手紙を書き上げたアイリレイアは、報告書と一緒に封筒にいれて封をする。

翌朝、アイリレイアは、ダイラルンガの葉、ルイルの蔦《つた》、朝日を受けた水を用意し、小さな乳鉢《にゅうばち》で材料を磨《す》り潰していた。

ミーナメーアとアイリレイアだけが使う、二人だけの召喚魔法の合い印なので、ほかのどんな合い印ともかぶらないような、えぐいものを使っている。

召喚士が物体を召喚するには『対象の成分を自身に取り込む』必要がある。それを呼び水として、魔力を使って引き寄せるのだ。

ゆえに、召喚士も魔法使いと同じで、それぞれの持つ魔力量が才能を測るひとつの目安となっている。

やっと書いたミーナメーアへの手紙に、辛《かろ》うじてスプーン一杯分できた液体を四隅につけてから、机の引き出しにしまっておく。こうしておけば、いつかミーナメーアが、召喚魔法で手紙を召喚してくれる。

そしてスプーンに残された、えぐい味の液体を口に含み、味わわないように一息に飲み込むと、言葉に魔力を込めた。

「我望む、ミーナメーアからの手紙」

テーブルにひらひらと可愛らしい色つきの手紙が舞い落ちる。

アイリレイアは用意しておいた水を一気に飲み干して、口のなかのえぐみを流し込むと、手紙の封を切った。

親愛なるアイリレイアへ
無視するんじゃない！　ってことは、アンタ、一緒に暮らしてるのね！
三日で大きくなるのは、人間じゃないって言ったでしょうっ！　きっと魔物よ！　お伽噺《とぎばなし》の空想じゃなかったのよ。
あの過保護ゴーレムに命令して、さっさとお山に返してらっしゃい！

そういえば、まだ内緒のはなしなんだけど、某国《ぼうこく》にて簡易魔法陣が開発されたらしいわ。詳細《しょうさい》はまだわからないけれど、魔力石を使って作られてるらしいわよ。きな臭い噂《うわさ》が流れてるから、詳細がわかり次第伝えるわね。

親愛なるミーナメーア様
返事が遅くなってごめんなさい！
様式集ありがとうございます。報告書を同封いたしましたが、おかしなところがあれば、赤字でチェックして返信してもらえるとありがたいです。
あと、こちらは、元気でやってますよ！　心配しないでね。（※元気に手を振る、ゴーレムのイラスト）

「魔物じゃなくて異世界人だから、お山には返せないわねぇ……」

アイリレイアはミーナメーアからの手紙を読んで、溜《た》め息を吐いた。どうやって強人《ゴウト》のことを彼女に伝えれば、一番穏便に済むだろうかと頭を悩ませながら、ポケットに彼女からの手紙をしまうと、台所で夕飯のスープを作るためにかまどに火をいれた。

「ああ見えて、ミーナメーアは心配性だものねぇ」

アイリレイアはそう呟《つぶや》きながら、ミーナメーアからもらった手紙を、かまどの火にくべてしまう。

彼女からの手紙には、手元に残しておいたらまずい内容のものが多々あるので、焼却するようにしている。けっして、手紙の内容に後ろめたさがあるからではない。

ざくざくと野菜を切ってスープを作り、ぐるぐる鍋をかき混ぜながら考える。

強人が来てからもう半月近く経《た》っていたが、ゴーレムを受け入れた経験を持つ村人達は、強人もあっさりと受け入れていた。

なんでも積極的に手伝ってくれる強人は、生活に必要なことをどんどん覚えていく。

この村で生活をするだけならば、既《すで》にアイリレイアの手が不要なくらいである。

「洗濯物たたみ終わったよ、ほかになにかやることはある？　あれ、アイリレイア、今日は、髪の毛結ばないの？」

スープを混ぜるアイリレイアの背後、彼女の肩口から鍋をのぞき込んだ黒尽《ず》くめの青年は、アイリレイアの長い髪を手に取ると、それを慣れた手つきでサラサラと三つ編みに結い、持っていた紅色の組紐《くみひも》で髪の端を留めた。

「ほら、このほうが、邪魔にならないんじゃないかな？　俺とお揃《そろ》いの紐だよ」

得意げに言った強人に、硬直していたアイリレイアが恥ずかしさに震える。

「なっ、なっ、ゴート！　女性の髪は、勝手にいじっちゃ駄目なのよっ！」

顔を真っ赤にして振り向いたアイリレイアを、強人はきょとんとした顔で見つめながらも、いつもなら強人がアイリレイアと親しくしようとすると、すかさずゴーレムの妨害が入るのだが、今日はゴーレムが出かけていて本当によかったと、強人は頭の片隅で考える。

そんな強人の胸の内などは知らず、アイリレイアは強人にこの世界の常識を教えるべく、真面目な顔をして、強人の柔らかな線を残す端整な顔を見上げる。

「あのね、未婚の女性の髪を触るのは、求愛の行為なの。そして、女性が髪を相手に触らせるのは、それを認めることなのよ。だから、勝手に、髪を、触っちゃ、駄目、絶対」

アイリレイアの言葉に強人は、にこりと微笑《ほほえ》んで彼女の言い分を理解したことを伝える。

「ほかの女性の髪に、触れたら駄目なんだね。教えてくれてありがとう、アイリレイア」

素直に頷《うなず》く強人に、彼が理解してくれたことをアイリレイアは喜び。強人がちゃんとこの世界で生きていけるように、しっかり常識を教えねばと、改めて心に誓った。

残念なことに、彼が『ほかの女性』と強調して言ったことには気づいていない。

「どういたしまして。ゴートの世界とは常識が違うから大変でしょうけど、しっかり覚えてちょうだいね」

「うん、これからも色々教えてね、アイリレイア」

強人はそう言いながら、アイリレイアを包み込むように優しく抱きしめ、頬にキスをする。

「ゴート！　こ、これも、こっちじゃ駄目っ！」

顔を赤くして慌《あわ》てるアイリレイアに、強人は目を丸くする。

「ええっ！　そうなんだ……。大好きなアイリレイアに、感謝を示したかったんだけど。わかったよ、困らせてごめんね、アイリレイア」

強人の世界でも、抱擁《ほうよう》やキスは、感謝よりも愛情を示す行為だったが。強人はさらりと告白を織り交ぜつつ、いかにも申し訳なさそうに、腕のなかからアイリレイアを解放した。

ビキッ……。

石が裂けるような異音に、強人が緊張を漲《みなぎ》らせる。

「八つ裂きにしゅるぞ、小僧」

重低音のおどろおどろしい声が足元から聞こえ、強人は素早くうしろに跳び退《すさ》る。嫌な汗が強人の背中に伝い落ちた。

いままで強人のいた場所に、ゴーレムが立っていた。もう一呼吸遅ければ、あの石でできた固い足で、強人の足は潰されていたに違いない。

近所に出かけていたはずのゴーレムがアイリレイアを背に庇《かば》うように強人の前に立って、真《ま》一文字《いちもんじ》にした目で見上げる。

本気混じりのゴーレムの怒りと、そのゴーレムの一撃を躱《かわ》した強人の一触即発の雰囲気にアイリレイアは苦笑を零《こぼ》すと、殊更《ことさら》明るい声をあげた。

「ごーれむタンお帰りなさい！　お使いありがとう、助かったわ」

「おやしゅい御用でしゅ。どうぞ、御主人ちゃま」

ゴーレムの差し出す卵の入ったカゴを受け取ったアイリレイアは、カゴをテーブルに置いて床に膝《ひざ》をつくと、ぎゅうとゴーレムを抱きしめて、その頭にキスをした。

荒れているゴーレムを宥《なだ》める、一番の特効薬だ。勿論《もちろん》、アイリレイア自身がゴーレムにハグしたいというのが一番大きい行動理由だが、ゴーレムも抱きついてくるアイリレイアを、邪険にすることは決してない。

「ゴーレム殿はいいのか……」

強人の拗《す》ねた声に、アイリレイアは楽しそうに笑う。

「ごーれむタンはいいの。だって、ごーれむタンなんですもの」

こたえになってないこたえに、強人は口を尖《とが》らせる。対照的に、ゴーレムは誇らしげに胸を張り、アイリレイアにその髪を縛っている紅色の組紐を示して、外すように訴えた。

「強人が向こうの世界から持ってきた大事なものでしゅ、返しゃねばならないでしゅよ」

「あら、そうね。ちょっと待ってね、ゴート」

もっともらしいゴーレムの指摘に納得して、髪を縛っている紐を外そうとするアイリレイアの手が、強人に押しとどめられた。

「これは、アイリレイアに贈るよ。紐をプレゼントするのは、駄目じゃないよね？　いつも美味《おい》しいご飯を作ってくれるお礼だよ」

微笑みながらも真剣な目をして願う強人に、アイリレイアは紐から手を離すと、彼に微笑み返した。

「ええ、駄目じゃないわ。素敵な紐をありがとう、ゴート」

あちらの世界から身ひとつでやってきて、服以外の持ち物なんてない強人の大切なものだとわかるから。そんな大切なものをくれるという彼の心が、アイリレイアは嬉《うれ》しかった。

頭上でおこなわれるやり取りに、ゴーレムは口を挟まずに沈黙している。

「どお？　似合うかしら？」

アイリレイアは、結われた髪の毛を肩から前に持ってくると、強人に向かって無邪気に笑いながら小首を傾《かし》げて見せる。

「ああ、とっても似合うよ、アイリレイア」

手放しで褒《ほ》める強人に、嬉しそうに「ありがとう」と礼を言ってから、アイリレイアはゴーレムの前にしゃがむ。

「ごーれむタンはどう思う？　似合う？」

感想をねだるアイリレイアに、ゴーレムは丸い目をくりんとさせて大きく頷く。

「大変、愛らしゅうございましゅ。御主人ちゃま」

「ふふっ、ありがとう、ごーれむタン。さぁ、ご飯にしましょ」

うやうやしく褒めるゴーレムの頭にキスしてから立ち上がったアイリレイアは、強人にスープの皿を取り出すように頼んで、ゴーレムにはスプーンを並べてもらう。

　ゴーレムと強人が二人がかりで作って、プレゼントしてくれた椅子に座り、自分の作った料理のできに満足しながら、食事をしていたアイリレイアだったが、はっと顔をあげた。

「あっ！　そういえば、今日ジノージさん家《ち》の、畑おこし頼まれたんだったわ。明日、晴れたらいってくるわね」

「俺もいくよ。人手があったほうが、早く終わるだろう？」

「わたくしも、お手伝いいいたしましゅよ」

「本当！　ありがとう、二人とも」

　翌日、ジノージの畑は午前中のうちにすっかり耕された。大喜びの老夫婦から、野菜を両手に抱えきれないほどもらって、アイリレイアも大喜びだった。

「アイリレイアちゃんも、旦那さん帰ってきてよかったなぁ。ほんに、よかったよかった」

　ジノージの妻がもごもごと言いながら、アイリレイアの手を取って、涙ながらに彼女の手の甲を撫《な》でる。

「そうじゃの。戦争にいっとったんじゃったのぉ？」

「あら、おじいさん、違いますよ。戦争はとうの昔に終わってますよ。旦那さんは、あれですよ、あれ」

「ああ、出稼ぎじゃったか」

　勝手にはなしを作って盛り上がる老夫婦に、アイリレイアは口を挟まずに、にこにことそのはなしを聞く。ゴーレムと強人は、もう何度も繰り返される会話に……最初こそ否定していたが、どうあっても覚えてくれない二人に諦め、いまはアイリレイアのうしろで黙って二人の会話を右から左に聞き流している。

「うふふっ。男手が増えたから、なんでも頼んでね」

「ありがとうよアイリレイアちゃん。ゴーレムちゃんも、いつもお手伝いありがとうねぇ」

老婆《ろうば》はしゃがむと、なでなでとゴーレムの真っ平らな頭を撫でる。

「どういたしましてでしゅ」

「ゴーレムちゃんはいい子じゃ。ちょっと固いのが、難点じゃが。いい子じゃから、大事に育てんといかんぞ。子育てというのはな――」

その後、子供を六人育て上げた老夫婦の子育て論を、とっくりと聞かされた。

またある日は、男やもめで子供を三人も抱えている羊飼いから、上の二人が熱を出してしまったからと、歩くのを覚えて目が離せなくなった末っ子の面倒を頼まれた。

「ふふふっ。ゴートももしかしたら、この子みたいにハイハイしたり、お尻をふりふりしながら歩いていたかもしれないのね？」

赤子だった強人のことを思い出してにこにこするアイリレイアに、強人はなにもこたえずにそそくさと離れてゆく。自分ではなにもできなかったあの数日間は、大切な記憶であると共に……ちょっぴり消してしまいたい記憶でもあった。

「アーちゃん、アーちゃん、だっこー」

オシメでもこもこしたお尻を振りながら手を伸ばすのを、アイリレイアが脇に手をいれて抱き上げると、嬉しそうに声をあげて笑い、アイリレイアの頰っぺたをむにむにと小さな手で挟んでくる。

「アーちゃんしゅきー、んちゅーっ」

そう言いながらアイリレイアにキスをしようと唇を尖らせる子供を、いつの間に近づいたのか、強人が子供の脇を持ってするっと取りあげる。

「ほーれ、高い高ーい」

アイリレイアより頭ひとつ高い強人が、高く持ち上げれば、子供はきゃっきゃとはしゃぐ。

「いい判断でしゅ」

強人の行動に、満足そうにゴーレムが頷いていた。

頼まれれば嫌とはいわないアイリレイアに、村人はよく頼って、そしてよく食料を分けてくれる。もしかしたら、食料を分ける口実を作るために、仕事を頼むのかもしれない。

そう思えるくらい、アイリレイアは村人に好かれていた。

アイリレイアはそんな村での生活を、友人であり同僚であるミーナメーアに手紙で伝える。

最近は、めっきり暖かくなってきたので、作物がどんどん大きくなります。

近所のおじいちゃんおばあちゃんのお手伝いをして、野菜の収穫をしたりすると、たくさん野菜をもらえます。でも、野菜スープの日々が続いていて、ちょっと辛いです。

早く食べないと傷んじゃうので、頑張って食べてます。

たまには、甘い物食べたい……。（※ションボリしたゴーレムのイラストが描かれている）

後日、数個のアメと一緒に、農作業をした分の報告書を同封しなさいと、ミーナメーアに手紙で怒られたアイリレイアは、畑仕事の手伝いまで報告するのかと驚きながら、せっせと書類の作成に勤《いそ》しんだ。

＊＊＊

「アイリレイア、ゴーレム殿は？」

アイリレイアが一人で縫い物をしているところに、上半身裸で薪割《まきわ》りをしていた強人が、一息つきに家に戻り、水をごくごくと飲みながらアイリレイアに聞いた。

「ごーれむタン？　んー、たぶん、山だと思うけれど。急ぎの用でもあった？」

手を止めて聞いていたアイリレイアに、強人は急ぎではないと返す。

「なら、夕飯までには帰ってくるから、そのときまで待っててね」

ゴーレムの不在を気にも留めないアイリレイアに、強人はこの世界ではそういうものなのだろうと、深くは追求せずに「わかった」と承知して、「もうちょっと、薪を作ってくるね」と言って出て行こうとしたその背中に、アイリレイアの慌てた声がかかる。

「お隣のリジンおばあちゃんの家の分も、お願いしていいかしら？　さっき頼まれたの。そんなに急がないみたいなんだけど」

「わかったよ、じゃあいってくるね」

申し訳なさそうに頼んできたアイリレイアのお願いを、強人は疲れを見せない爽《さわ》やかな笑顔で快諾《かいだく》した。アイリレイアからの願いを断るなんて、ありえない。

「いってらっしゃい！　頑張ってね」

薪割りに向かう強人の背中を、明るいアイリレイアの声が後押しし、強人は張り切って、お隣の分の薪も割った。

――だけど、ゴーレムがいなくなるのは、その日だけではなかった。

もしかしたら強人が知らなかっただけで、いままでも彼はこうして姿を消していたのかもしれない。

ゴーレムの不在を気にした強人がアイリレイアに尋ねるが、アイリレイアはまるで気にしていなかった。

「大丈夫よ、ごーれむタンは強いもの」

アイリレイアは呑気《のんき》な調子でそう言って、窓辺に置いた椅子にゆったりと座って縫い物に精を出す。いま縫っているのは、強人のシャツだ。

新しいものも売ってはいるけれど、古着を自分で仕立て直すのが普通だからと、アイリレイアは古着屋でシャツを買い、強人のために縫い直している。強人もまた、そうやってアイリレイアが、自分に手間暇《ひま》をかけてくれるのを、嬉しく思っていた。

「少し、外を散歩してくるよ」

その日、なぜだか無性にゴーレムの行方が気になった強人は、そう言い置いてアイリレイアに背を向けた。

その背中に、アイリレイアの声がかかる。

「夕飯までには帰ってきてね。――いってらっしゃい」

いつもどおり明るい声で送り出すアイリレイアに、かるく手をあげて家を出た強人は周囲をぐるりと見まわし、その足を山へと向けた。

ゴーレムの足跡はひと目でわかる、なにせ四角くて普通の足跡よりも少し深いから。

まだ新しい四角い足跡を見つけた強人は、草に紛《まぎ》れてしまいがちなその跡を追って、山に分け入る。

昼を過ぎた時間なので、日差しが強い。強人は、汗を拭《ぬぐ》いながら獣道を歩き、山をひとつ越したあたりで周囲の空気が変わったのを感じた。

獣の匂いが強くなり、唸り声と、争う猛々《たけだけ》しい気配が伝わってくる。

そして、ドゴッという重い打撃音、ものが吹っ飛ぶ音、獣の断末魔。

周囲を警戒しながら先を急ぐと、木々のうえから巨人の石像の頭が見えた。

その石像に近づいてわかったのは、ひらけた場所だったわけではなく、木々がなぎ倒されてできた場所だということだった。そこに、巨大な熊の死骸が転がっている。

そして立派な石像に見えたそれは、近づいてきた強人へとゆっくりと顔を向けた。

「貴様か」

低く響く素っ気ない声に、不思議と腰丈ほどの身長のゴーレムを思い出して、恐怖を感じることなく、強人は周囲の折り倒された木々を避《よ》けながら、その巨大な石像に近づいた。

「ナイフは持ってきているか。ならば、捌《さば》けるだろう。アイリレイアが保存肉を作りたいと言っていたから、切り分けろ」

巨大な石像は高い位置から強人を見おろすと、倒れている巨大な熊を指して、低く滑舌《かつぜつ》のいい声で強人に命令する。

「……あなたはやはり……ゴーレム殿なのだな」

見上げてくる強人に、石像は呆《あき》れたように鼻を鳴らすと、シュルシュルとその体を縮めて、いつもの四角を組み合わせて形作られた小さなゴーレムに戻った。

「いかにも、ゴーレムでしゅ。ナイフは持ってきていないでしゅか？　使えないでしゅね」

憎まれ口を叩《たた》くゴーレムに、強人は気を取り直す。

「いや、持ってる。この前、アイリレイアからもらったものが」

そう言いながら、強人は腰にさげたナイフサックから大ぶりなナイフを取り出して逆手《さかて》に持つと、息絶えた大熊に近づき、手際よく皮を剥《は》いで肉を切り分けてゆく。

「全部はいらないでしゅ、ある程度取ったら、残りは置いていくでしゅ」

「熊は全部の肉が食えるんだけどな。ゴーレム殿がそう言うなら、よさそうなところだけ、切り取るよ」

強人はそう言いながらも、手を止めずに食用に適した肉の塊《かたまり》を切り出していく。

「それにしても、この世界の熊はこの大きさが普通？　俺のいた世界じゃ、この半分くらいの大きさだったんだけどな」

「こちらでも、この大きさは異常な部類でしゅ。こんなのがゴロゴロいたら、人間が生きていけないでしゅよ」

当たり前のようにそう言ったゴーレムは、強人が切り出した肉を、どこからか取り出した麻袋に入れ、その袋を持った手を背中に回すと、不思議なことにその袋が消えていた。

その様子を見ていた強人は、不思議に思いながらも、ゴーレムというものはそういうものなのか、と無理矢理納得して、次々と肉の塊をゴーレムに渡していく。

「それでアイリレイアは、ゴーレム殿がこうやって、危険な獣を駆除《くじょ》しているのを知ってるのか？　心配性の彼女なら、こんなことをしてるって知ったら、卒倒するんじゃないのか」

めぼしい肉を取り終えた強人は、ナイフについた血や脂を拭いながら立ち上がり、切った肉を片付けているゴーレムに聞いた。

あのアイリレイアが、ゴーレム一人にこんなことをやらせるとは思えない。

「この程度の獣、わたくしにとっては危険な部類に入りましぇんよ。でしゅから、御主人ちゃまに知らせる必要のない、些末事《さまつじ》でしゅ。それに、御主人ちゃまが、心安らかに過ごせるように配慮しゅるのは、当然のことでしゅ」

胸を張ってそう言うゴーレムに、強人はこのゴーレムならそんな配慮をしてもおかしくないな、と納得しようとしたものの、やはりどうしても気になることがあり、口を開いた。

「聞いてもいいかな。ゴーレム殿は、こういってはなんだけど、無機物……普通の生命体には見えないけれど。ゴーレムという種族は、一体どういうものなんだ？」

大抵《たいてい》のことを、『この世界はこういうもの』という姿勢で、受け入れてきた強人が口にした疑問に、ゴーレムは目を一文字にしてひと呼吸躊躇《ためら》うような間のあと、目を丸く戻した。

「ゴーレムは、魔法で作られた人造物でしゅ。意思を持たじゅ、自らの身に名を刻んだ者を主《あるじ》とし、その魔力を糧《かて》にして、命令を受けて動くモノでしゅ」

「ゴーレム殿は、自分の意思で、自由に動いているように見えるんだけど……」

戸惑う強人の言葉に、ゴーレムは帰り支度をしながらしれっと言った。

「わたくしは特別なゴーレムでしゅ。わたくしの創造主は、酔狂《すいきょう》で偉大な大魔導師でしゅた。わたくしのことを、技術の粋《すい》を集めて作った、最高傑作だと言ってましゅたよ」

抑揚のない声に、ゴーレムが創造主に対して複雑な思いを抱いているのを察したものの、強人はさらに出てきた疑問に首を傾げる。

「偉大な大魔導師……アイリレイアが？」

ゴーレムを作った者が、ゴーレムの主になるのだと考えた強人に、ゴーレムは否定する。

「違いましゅ、御主人ちゃまは、召喚士でしゅ、魔導師ではありましぇん。魔力を使う人間のなかで、召喚術が得意な人間がなるのが召喚士でしゅ。召喚士は、獣や主のいないゴーレム等も召喚できるんでしゅ。ゴーレムは魔道具士や、魔道具に精通した魔術師、あるいはすべての魔法を網羅した魔導師が作るでしゅ」

ざっくりと言ったゴーレムに、強人はさらに質問を重ねる。

「魔道具とか魔術師とかどんなものかよくわからないけど、さっき言っていた、ゴーレム殿を作った大魔導師というのは？」

「大魔導師というのは、救いようのない、魔法馬鹿のことでしゅ」

丸い目を一文字にして、吐き捨てるように言ったゴーレムに、大魔導師のことは話題にしないほうがいいのだなと強人は口を噤《つぐ》み、山を下りはじめたゴーレムのあとに続く。

「そういえば、この付近の山には、あまり大きな獣がいないみたいだけど。もしかして、ゴーレム殿がさっきみたいに、危険な個体を駆除してるのか……いや、しているんだろうな。すべて、アイリレイアのために」

「当然でしゅ。邪魔な獣も、盗賊も、御主人ちゃまの休養を邪魔するものを排除するのは、わたくしの使命でしゅ」

獣だけではなく、盗賊すら倒していると言い切るゴーレムに、先程見たあの巨大で美しい巨像が盗賊を蹴散らすさまを想像して、ありえそうだと強人は納得した。そして、アイリレイアのために、陰で戦う男らしさに感銘を受けた。

「今度いくときは、俺も同行させてくれないか」

「足手まといでしゅ」

すっぱりと申し出を却下された強人だったが。そう簡単に引くような人間ならば、界を越えて異世界に来たりはしていない。

「足手まといになるなら、見捨ててくれてかまわないから、頼むっ！」

食い下がる強人を、ゴーレムはにべもなく切り捨てる。

「か弱い人間が、なにを言ってるでしゅか。そんな、細くて脆《もろ》い手足で、よく言えましゅね」

「細……っ！　こ、これでも、筋肉をつけるために、努力はしてるんだっ。ただ、太くならない体質だから、細く見えるだけでっ」

実は気にしていた体の細さに言及されて、強人は思わず声を荒げる。

「それに、俺の特技は素早さを生かした剣術だから、筋肉をつけすぎれば、動きにくくなってしまうし。向こうの世界では、国で一、二を争う剣士だったんだぞっ」

「剣を持たずに剣士を名乗るのは、恥ずかしくないでしゅか？」

わざと可愛らしく、こてんと首を傾げて見上げてくるゴーレムに、強人はギリギリと歯ぎしりをする。

「くそっ！　そのとおりだよっ」

強人は吐き出すように認め、俯《うつむ》いて拳を握りしめた。

「いまの俺は、戦う牙のない、無力な人間だ。だけど、刀に代わるものを必ず手にいれる！俺は、もっと強くなりたいんだ、いや、強くなる！」

顔をあげた強人は、睨《にら》み付けるように真剣な顔でゴーレムを見た。

「この世界に来て、恐慌状態で泣いていた自分が、はじめて見たのが、アイリレイアの輝くような笑顔だったんだ。俺は、あちらの世界で王の子……それも嫡子《ちゃくし》ではなく、万が一のときのために密《ひそ》かに生み育てられた、予備の子だ。そんな俺に、あんなふうに優しくしてくれたのはアイリレイアがはじめてなんだ」

「……刷り込みでしゅか。はじめて優しくされたから、御主人ちゃまが好きなんでしゅね」

ゴーレムの身も蓋《ふた》もない言葉に、強人は寂しげな笑みを浮かべる。

「そうかもしれない……いや、きっとそうだと思う。そうだとしても、俺のこの胸にある思いが偽物だとは思えない。偽物だってわかるほど、俺は愛を知らないから」

無言で強人の言葉を聞いているゴーレムに、強人はハッとして表情を明るいものに変える。

「愛してほしいけれど、それを無理に求めるつもりはないよ。でもせめて、ゴーレム殿のように彼女を守れる力が欲しいんだ、だから、頼みます！　俺も連れて行ってください」

心から願う強人を、ゴーレムは凪《な》いだ丸い目で見上げ、ゆっくりと言葉を紡いだ。

「人間に必要なのは力じゃないでしゅよ。温かな体温があって、食べ物を食べて美味しいと感じて、抱きしめても痛くない柔らかな体があって。なにもかも、持っているのに……それに気づかないのは、傲慢《ごうまん》でしゅ」

強人に届くようにと発せられた言葉は、しかし、強人には届かなかった。

「ゴーレム殿は強いから、そんなふうに言えるんだ……っ」

踵《きびす》を返して山を下りてゆく強人の背中が、すっかり見えなくなった頃、立ち尽くしていたゴーレムは、気を取り直すようにふるふると頭を振った。

「そうでしゅよ……わたくしは、強い。わたくしは、御主人ちゃまを守護する者。わたくしの頑強な体があるからこそ、御主人ちゃまを守り抜くことができるんでしゅ。わたくしのすべては御主人ちゃまのためにあるのでしゅ――これ以上を求めては、いけないのでしゅ」

ゴーレムは静かに自分に言い聞かせ、アイリレイアの待つ家へと歩きはじめた。

＊　＊　＊

山から戻ったゴーレムに、家の外の木陰で強人の様子を見ていたアイリレイアは、笑顔で声をかけた。

「ごーれむタン、お帰りなさい」

「ただいま帰りましゅた。……ゴートはなにをやってるんでしゅか？」

彼女の視線の先に強人を見つけたゴーレムが、小首を傾げる。それはそうだろう、強人は両腕を広げたほどの長さの木の棒を、一心不乱に削っているのだから。

アイリレイアも強人が木を削りだしたときは、なにをはじめるのだろうと不思議だった。

「カタナ、っていう、あちらの世界にある、剣を作るんですって」

ゴーレムもアイリレイアの隣に立って強人を見る。

「……本物の刀は、いずれ手にいれるから。それまでは、この木刀で修行するんだ」

アイリレイアの声が聞こえたのか、キッとゴーレムのほうを向いて決意を表明した強人に、ゴーレムは無言で目を一本線にした。

その二人の様子に、アイリレイアは目をぱちくりとさせ、ゴーレムの横にしゃがむと、こそこそと声をかけた。

「ごーれむタン、山でなにかあったの？」

ゴーレムは目をくりんと丸く戻しアイリレイアのほうへ頭を回すと、コテンと首を傾げた。

それを見たアイリレイアは、堪《たま》らずにゴーレムを抱きしめる。

「ああもうっ！　ごーれむタン、可愛いっ！」

固い頭にすりすりと頬ずりするアイリレイアに、ゴーレムがいま思い出したとばかりに、口を開く。

「ところで御主人ちゃま、熊肉を取ってきたのでしゅが、処理していただけましゅか？」

ゴーレムから離れたアイリレイアの前に、肉を一塊取り出して見せる。

その立派な肉の塊に、アイリレイアは目をキラキラさせた。

「まあ、ホント！　嬉しいわ！　どのくらいあるのかしら？　みんなにもお裾分けできる？」

「まだまだ、たくさんありましゅから。切り分けて、みなしゃんに持っていきましょう」

ゴーレムの言葉に大喜びしたアイリレイアは、ゴーレムを急《せ》かして家へと入った。

テーブルのうえに、大きなまな板を出すと。ごろんごろんと、ゴーレムが肉を乗せる。

「解体するのは、ゴートがやったでしゅ」

ゴーレムが報告するのを聞いて、アイリレイアは目を細めた。

「ふふっ。やっぱり、ごーれむタンのところへいってたのね。でも一緒に帰ってこなかったのはどうして？　喧嘩《けんか》でもしたの？」

　肉を切り分けながら聞くアイリレイアに、ゴーレムは口を噤んだ。いつもなら、なんでもはなしてくれるゴーレムの珍しい反応に、アイリレイアは少し驚いてゴーレムをまじまじ見つめると、嬉しそうに目を細めた。

「あら、だんまり？　男同士の秘密なのかしら。ふふっ、なんだかごーれむタンも楽しそうでよかったわ」

「楽しそう、でしゅか？」

　聞き返すゴーレムに、アイリレイアは頷く。

「ええ、楽しそうよ。ごーれむタンが楽しいと、私も嬉しいわ。さてと、今日はお肉をたっぷり使ったシチューにしましょ」

　村の人達のために切り分けた肉を、ゴーレムに保管してもらって、アイリレイアは夕飯を作りはじめた。


　強人の手によって、ざっくりと木の肌を出した無骨な木の棒が、持ち手だけは丁寧《ていねい》に削られた木刀として完成した。

「ふむふむ。これは……。ほとんど、木の棒ね」

　夕飯ができたと呼びにきたアイリレイアの素直な感想に、強人は気を悪くすることもなく、苦笑いする。

「ああ、重さが欲しかったから。刀身の部分は、ほとんど削らなかったんだ。素材の木がいいからこのまま打撃武器としても使えるよ」

そう言ってアイリレイアに笑って見せた強人は、アイリレイアから少し離れ、無骨な木刀を片手にさげて瞼《まぶた》を伏せてひとつ深呼吸した。

強人は目をあげるとゆっくりした動作で、肩幅に開いた足をじりっと前後にずらし、軽く腰を落としながら剣の柄にもう片ほうの手を添える。

呼吸に合わせて、刀身を体に添わせるように腕をあげ、その流れのまま剣を腰の高さまで振りおろした。そして何度も同じ形で木刀を振り抜く。

その動きはスローモーションのようにゆっくりしている。だが、ゆっくりだからこそ、その剣の軌道にぶれがなく、それは強人の持つ技量の高さを示していた。

「なかなか、でしゅね」

いつの間にかアイリレイアの隣に立っていたゴーレムは、素振りを続ける強人を見て、珍しく認めるような呟きを漏《も》らした。

アイリレイア以外の人間、それも男性を褒めることなどいままで一度もなかったので、アイリレイアは驚いてゴーレムを見る。

「……お肉を配って参りましゅ、先にご飯を召し上がっていてくだしゃい」

照れているのか、ゴーレムはそう言うと、そそくさと隣の家へと向かってしまった。

「ふふっ。なんだかんだいっても、ごーれむタンも、ゴートのことが気になるのね」

ゴーレムと強人の関係がよくなる気配に、アイリレイアはなんだか嬉しくなった。

その後、暗くなっても素振りをしていた強人と、それを飽《あ》きずに見ていたアイリレイアは、村中に肉を配って帰ってきたゴーレムに、「二人ともいい加減にするでしゅ！」と雷を落とされた。

＊　＊　＊

「どうせ、もう使わん。いらなくなったら、売ればええ」

毎日熱心に剣の訓練をしている強人を見ていたジノージが、若かりし頃使っていたという片腕ほどの長さのショートソードを彼に譲った。

押しつけるようにジノージが渡したその剣は、ずっと大事に手入れされていたのだろう。何年も使っていないと言っていたが、剣の刃には曇りひとつなかった。

強人はその剣を鞘《さや》に戻すと、返事も聞かずに去った老人の背が見えなくなるまでずっと、深く頭をさげていた。

その日から強人は、ふらりと出かけるゴーレムと共にいなくなるようになった。

この日も強人とゴーレムはいつの間にか出かけていて、アイリレイアはいつものように、椅子にゆったりと腰かけて縫い物をしていた。

ゴーレムが巨大化するには、多くの魔力が必要となる。アイリレイアの魔力を使って動くゴーレムなので、彼が巨大化しそうな日には、アイリレイアはこうしてくつろいで留守番をするようにしている。

なにせ、魔力を大量に消費すると、一気に体が重だるくなってしまうので。

強人はゴーレムが、アイリレイアに内緒で村の平和を守っていると思っているようだが。実際のところ、アイリレイアはゴーレムがなにをやっているのか、大体把握していた。

「もうそろそろ帰ってきそうね」

しばらく前に、魔力がごそっと持っていかれ、それからまたすぐにいつもの消費量に戻ったので、今日は早く帰ってきそうだとあたりをつける。

コンコンコンと規則正しいノックの音に、アイリレイアは縫い物をしていた手を止めて、ぱたぱたと応対に出た。

「はいはいはーい。あら……エイル様、お久しぶりです」

軽快な声をかけながらドアを開けるとそこには、丈の長い藍《あい》色の上着に魔法使いを示す青緑のバッジを襟元に留め、身なりのいい服を着た痩身《そうしん》の紳士であるエイルが、きっちりと整えられた髪を神経質そうに気にしながら立っていた。

三白眼がちの鋭い目でぎろりとアイリレイアを見おろす彼のうしろには二人、彼の護衛を務める兵士がついている。

村から一番近い町の常駐魔法使いである彼には、村に住む前に挨拶《あいさつ》していた。

そのときは、顔を合わせて名乗ったアイリレイアには目もくれず、ねっとりとした目でゴーレムを見ながらひとこと、「それが件《くだん》のゴーレムか」と呟きを零しただけで、アイリレイアとゴーレムを追い返していた。

「ふんっ！　客を立たせたまま、茶も出さないとは。礼がなっていな――」

「はいはい、お茶ですね。どうぞどうぞ、お入りくださいませ」

挨拶のひとつもない自分のことは棚にあげて、アイリレイアを貶《けな》しにかかるエイルの言葉を笑顔で遮ると、アイリレイアはドアの前から一歩横に除《よ》けて、歓迎しがたい客を家のなかに招いた。

「まったく、粗末な家だな。なんともいえん貧乏臭さだ、なんだもう行き止まりか！　我が家の玄関ホールよりも狭いぞ」

アイリレイアが勧めるままに部屋に入ったエイルが顔を歪《ゆが》ませて発した言葉に、アイリレイアの頬が盛大に引き攣《つ》る。アイリレイアは、日々過ごしやすくなるように整えている我が家を貶され、額にぴくぴくと青筋を浮かべるも、ここで怒っては大人げないと耐えた。

「護衛のお二人もどうぞ？」

アイリレイアは気を取り直して、玄関から入ってこない体格のいい兵士に声をかけるが、二人はその場にビシッと直立する。

「いえ、我々はこちらで待たせていただきます」

「どうぞお気遣いなく」

そう遠慮する兵士二人に、エイルは冷たい視線を投げる。

「まぁそうだな。この狭い家にお前達まで入ったら、息が詰まる。それに、床が抜けるかもしれんからな、くっくっく」

愉快そうに鼻で笑うエイルに、アイリレイアはにっこりと笑顔を作る。

「ご心配いただいて、ありがとうございます。いま、お茶をご用意いたしますね」

テーブルのうえに広げてあった裁縫道具を片付けてから、かまどに火をいれて湯を沸かしはじめる。

「湯を出す魔法すらできんのか。魔道具も……ないだと？」

本気で驚いた声をあげたエイルは、勧められてもいないのに、この家で一番立派な、ゴーレムと強人の合作であるアイリレイアの椅子にどっかりと座り、長い足を誇示するように組んで少しの間黙っていたかと思えば、すぐに口を開いてわめきだす。

「まだ、湯は沸かんのか！　遅い！　まったく、客をここまで待たせるとは、なんという怠慢《たいまん》だ。これだから平民は！　貴様も召喚士とはいえ、魔法使いの端くれだろう、少しは魔法を使う者として恥ずかしくない生活をせんか。まずは、湯を沸かす魔道具を買え！」

　組んだ足先でイライラとテーブルの脚を蹴《け》って、好き勝手なことを言うエイルに、台所に体を向けていたアイリレイアは、エイルに顔が見えないことをいいことに、思いっきりげんなりと顔を歪ませてから、笑顔を取り繕って振り向いた。

「申し訳ありません。水ならすぐにご用意できますよ？　折角ですから、井戸までひとっ走りして、冷たいお水を汲《く》みにいってきましょうか？　冷たくておいしいですよ」

「あぁ？」

　笑顔でコップを手にしたアイリレイアを、エイルはぎろりと睨みあげた。ドアを開け放してある家の外で、護衛の兵士二人が一触即発の二人にハラハラしている。

　だがそれもアイリレイアがくすくすと笑うことで、緊張が解かれた。

「ふふふっ、冗談ですよ。申し訳ございませんが、我が家には魔道具は一切置かないようにしておりますので、お湯はお鍋で沸かしますから、もう少々お待ちくださいね」

「もう、茶はいらん！　まったくこれだから、召喚士は我々魔法使いに劣ると言われるのだ。民達はみな言っているぞ。召喚士は、魔獣で馬車を引くくらいしか使いようがない、能なしだとな」

　エイルは薄い唇の端をにんまりと引き上げ、アイリレイアに蔑《さげす》んだ目を向ける。

召喚士の操る魔獣引きの馬車は王侯貴族しか使わない珍しいもので、美しい四つ足の魔獣で馬車を引かせるのがとても目立つため、召喚士というのが偉い人の馬車の御者だと思っている人も多い。

ほかにも、アイリレイアとミーナメーアがやっているように、遠隔地での文書のやり取りも召喚士の仕事だし、力のある召喚士ならば荷物の移動もできてしまうのだが、確かに……内向きな仕事が多く、魔法使いよりも民との接点が少ない職業だった。

だけど、わざわざ召喚士を能なし呼ばわりする民などいないことを、平民であるアイリレイアはよく知っている。

貴族であるエイルに媚《こ》びを売ろうとした人間が、わざと悪く言ったに違いない。

貴族出身の魔法使いの多くが、召喚士を下に見ているのは、この業界ではよく知られていることだった。

アイリレイアはエイルの嫌な視線から目を逸《そ》らし、頬に手をあてて小首を傾げる。

「あら、そこまで言われているとは、知りませんでした」

口ごたえしてもしょうがないと、わざとらしく困った顔をするアイリレイアに、エイルは眉をつり上げる。

「そんなことだから駄目なんだ！　大体、なぜお前達は、魔法陣を覚えようとしない。我々と同じように魔力を放出できるのだから、同じように魔法を使えて当然だろう！」

まるで召喚士が魔法を使わないのが怠慢だとでもいうように怒鳴るエイルに、アイリレイアはさすがにムッとする。

「あら？　最近の研究で、召喚士と魔法使いは、生まれたときからその系統が決まっているという論文が発表されたではありませんか。召喚士は魔法陣を覚えるのが極端に苦手であり、魔法使いは召喚術を覚えるのが極端に苦手だと。ですから先程エイル様が仰《おっしゃ》ったような、魔法使いのなかの召喚士ではなく、魔法使いと召喚士は別であるという分類に変化していくという見方が強くなっておりますよ」

アイリレイアは、ミーナメーアが送ってきてくれる手紙に同封されていた論文を引き合いに出して指摘する。

実際、召喚士だって『魔力を使う仲間』ではあるので、魔法使いのように、魔法陣を書きさえすれば、魔法を使うことはできるが。如何《いかん》せんその魔法陣が、すんなり頭に入らずとても記憶しにくい。

それとは反対に、召喚術を行使するための手順は、不思議と苦労せずに頭に入る。

ミーナメーアからの手紙に同封されていたその論文を読んで、書かれている内容に心当たりがあったアイリレイアは、おおいに納得したものだった。

しかし、中央で話題になっている最新の論文をまだ知らないエイルは馬鹿にされたと思い、怒りに顔を真っ赤にさせて、テーブルを拳で強く叩いた。

「そんな論文など知らん！　そんなことを言ったら、魔術師はどうなる！　彼等は複数の道を修めているぞ！」

唾を飛ばす勢いで言われた言葉に、アイリレイアは眉をひそめる。

「それは、努力と根性のたまものだと考えられていますよ」

魔法使い、召喚士、魔道具士……そのなかの複数の分野を修める者が魔術師と呼ばれる。さらにその上位にいるのが、どの分野にも精通している魔導師と呼ばれる存在だった。しかしアイリレイアが知る限り、空位である。

「エイル様も、心当たりがおありではありませんか？　召喚術を完璧に覚えることはできましたか？　きっと、駄目でしたよね。もし二つの系統を習得できているなら、魔術師を名乗りますものね？」

「くっ、う、煩《うるさ》いっ！　召喚術など、私には不要だから覚えていないだけだっ！　召喚士風情が、魔法使いに大きな口を叩くなっ！」

アイリレイアの確認する言葉にエイルも心当たりがあるのか、悔し紛れに怒鳴る。

「エイル様は貴族なのに、口が悪くていらっしゃいますね。ご年齢的にも、もう少し落ち着いたほうがよろしいのではありませんか？　若輩者《じゃくはいもの》の私などから、言われるまでもなく、ご理解されているとは思うのですが」

「な、な、な、き、貴様っ」

アイリレイアは立ったままで困ったように小首を傾げて見せると、エイルの細い眉の端がぴくぴくと上下し、顔に赤みが差す。

彼女のその挑発的な態度に、戸口の兵士二人は、万が一のことがあればすぐに飛び込めるように身構えた。

散々エイルを煽《あお》ったアイリレイアは、表情を真面目なものに変えて切り出した。

「ところで、エイル様、本日はどのような御用件ですか？　まさか、私の顔を見に来たというわけではありませんよね？」

「そんなわけあるかっ！」

イライラしているエイルに、アイリレイアが尋ねると。エイルは眉間《みけん》の皺《しわ》を深くして怒鳴ってから、ハッとして気を落ち着けるように、鼻で深呼吸をして口を開いた。

「貴様のゴーレムはどうした。用がある、さっさと呼び出せ」

少し落ち着いたものの、横柄な態度で命令するエイルに、アイリレイアは肩を竦《すく》める。

「申し訳ありません。事前にご連絡をいただいておりましたら、家にいるように言っておいたのですが。本日、我が家のゴーレムは、外出しております」

きっぱりと拒否するアイリレイアに、エイルの眉の端がまた、ぴくぴくと動き出す。

「もう一度だけ言う。いますぐ、ゴーレムを、呼び戻せ」

召喚した者とされた者は契約することによって絆《きずな》を結ぶことができ、召喚士はその絆を通して契約した相手へ意思を伝えることができる。

勿論、アイリレイアも、ゴーレムに意思を伝えることができる。だけど、彼女は休暇中に
ゴーレムを契約で縛りたくなかった。

だから、毅然《きぜん》とした態度でもう一度、きっぱりと断った。

「申し訳ありません。できかねます」

「き、き、貴様はぁっ！　貴様のような身分で、断るなど――」

「煩いでしゅね、魔法使い。わめくしか能がないのでしゅか」

苛立《いらだ》って声を荒げるエイルの背中に、高い声がぶつかる。

いつの間に帰ってきたのか、兵士二人の間を通ってやってきたゴーレムが、エイルに淡々と
言葉を吐いた。

「おおっ！　ゴーレム！　噂には聞いていたが、言葉もはなすとは！」

椅子から立ち上がり、振り向いたエイルは、そこに立つゴーレムを感慨深げに見おろした。

一度会ったことがあるが、そのときはゴーレムが口を開く前に門前払いだったので、声を聞
いたのはこれがはじめてだった。

「お前こそ、私が使役するに相応《ふさわ》しい、最強のゴーレムだ！」

「なにを言ってるでしゅか？　さっさと帰って、もう来るなでしゅ、くそ魔法使い、お前程度
の魔力で、わたくしを使役しようとは、おこがましいにもほどがあるでしゅ、あとカレイシュ

ウが酷《ひど》いでしゅ」

淡々とゴーレムに言われて、エイルの顔が真っ赤になった。「加齢臭？」とアイリレイアは首を傾げる。

「なっ、な、な、なん……っ」

絶句するエイルを、ゴーレムは一瞥《いちべつ》しただけで顔を逸らし、アイリレイアのそばまで歩く。

「ただいま帰りましゅた、御主人ちゃま」

「ごーれむタン、お帰りなさい」

アイリレイアの前まできて、彼女を見上げてこてんと首を傾げた可愛らしいゴーレムの動きに、アイリレイアは安堵《あんど》したように微笑んだ。

「しょ召喚士も召喚士なら、使役するゴーレムも屑《くず》だなっ！　私が直々《じきじき》に躾《しつ》け直してやる！」

無視されたことで怒りを増したエイルに、ゴーレムは庇うようにアイリレイアに背を向けると、じわりとエイルに近づく。

「ほう？　貴様のような青二才が、わたくしの御主人ちゃまを貶しゅとは。身の程知らじゅでしゅね」

エイルは、ゆっくりと近づいてくるゴーレムから、脅《おび》えるように後退《あとずさ》りながら、脂汗をだらだら垂らした。

「わわ、私はっ、本当のことを言ったまでだっ！」

どうあっても自分の正当性を主張したいエイルを、ゴーレムの漆黒《しっこく》の丸い目が見つめる。

「ゴ、ゴッ、ゴーレム、お前とて、そんな平民の女に使役されているよりも。私のような、将来有望な魔法使いに使役されるほうが、ずっといいだろう！　その女との契約を破棄して、私と契約しろっ！」

かなり強引な方法だが、召喚さえされていれば、召喚士でなくても契約は可能となる。それをしろと、エイルは声を張り上げた。

エイルに近づくゴーレムの体から、ビキッビキッと裂けるような不気味な音がしはじめた。

アイリレイアは、仕事中によく聞いた――ゴーレムが巨大化するときのその音に。彼がどれほど怒っているのかを知る。

「戯《ざ》れ言《ごと》を――わたくしと御主人様を分かとうなどと、戯れ言にもほどがある」

いつもの高い声ではなく。低く地を這《は》うようなその声に、エイルはとうとう腰を抜かしてへたり込むと、ゴーレムから逃げるように必死に這いずった。

そのエイルを追い詰めるように、ゆっくりと歩を進めていたゴーレムは不意に足を止めた。

「ごーれむタン、それ以上やったら、エイル様、そこでお漏ら……んんっ、気を失ってしまいそうだわ。もうそろそろ、おしまいにしましょ？」

そう言って、アイリレイアはゴーレムを抱きしめる腕に力を込めた。ゴーレムの体から聞こえていた、あの不気味な音が止まる。

「御主人ちゃまがそう仰《おっしゃ》るなら、しょうがありましぇんね」

いつもの舌っ足らずな高い声に戻ったことで、エイルは気が抜けてぱたりとその場に倒れてしまった。幸いなことに、アイリレイアが危惧《きぐ》していたお漏らしはせずにすんだようだ。

「アイリレイア殿、ゴーレム殿。ご迷惑をおかけし、申し訳ない」

外で待っていた兵士が入ってきて、一人が気絶しているエイルを支え、もう一人がエイルの懐《ふところ》を探って一通の厚みのある封筒を取り出した。

「この度の用件は、こちらです。どうぞ、ご査収ください」

両手で持って差し出されたそれを、アイリレイアは躊躇ってから受け取る。

アイリレイアが受け取ったその封筒は、お高い耐水加工が施され。しっかりと封蠟《ふうろう》が施されていた。それに、手紙にしてはずしりと重い。

嫌な予感が、増す。

「確かに受け取りました。ありがとうございます」

封は開けずに礼を言うアイリレイアに、兵士はかしこまる。

「いえ。こちらこそ、ご迷惑をおかけして申し訳ありません」

そう言って、気を失ったままのエイルの腕を取って肩に担いだ兵士は、本当に申し訳なさそうな顔をしていた。

「本日は、魔獣除けの魔法陣の点検も予定していたのですが。日を改めて、伺わせていただきます」

ここら辺一帯を管轄する、町常駐の魔法使いであるエイルは、村の周囲の野山に分け入り、護衛の兵と共に動物たちの様子を観察し、施されている魔獣除けの魔法陣を点検して、破損が見つかれば補修するという大事な仕事をもっている。

町に常駐する魔法使いがそうやって、周囲の村なども含めて守護するお陰で。凶悪な魔獣に脅えずに暮らせる。

だから、魔法使いは人々からとても尊敬される職業……なのだが、残念なことにエイルのように、鼻持ちならない魔法使いはすくなからずいた。

「承知いたしました。村長へは伝えておきます」

アイリレイアは、兵士二人に抱えられ、小型の馬車に乗せられたエイルが目を覚ますことなく村から遠ざかってゆくのを見送って、ホッと息をついた。

「じつに、不愉快な輩《やから》でしゅた」

淡々とそう言ったゴーレムは、なにやら家の前で手をあげてグルグルと回してから家に入ると、濡《ぬ》らした布でアイリレイアの椅子を磨きはじめた。どうやら、エイルが座ったことが気に入らないらしい。

「ねぇ、ところで。加齢臭ってどこで覚えたの？」

「羊飼いのところの、次男が言ってましゅた。羊飼いから拳骨《げんこつ》をくらってましゅたので、あの年代の雄の怒りを引き出す言葉だと思いましゅたが、覿面《てきめん》でしゅたね」

椅子を磨く手を止めて誇らしげに言ったゴーレムに、アイリレイアは思わず笑いを零す。

「ええ、まぁそうね。でも、いい言葉ではないから、使わないようにしてね？」

「わかりましゅた」

ゴーレムは素直に頷くと、椅子を磨く作業に戻る。

「ただいま」

「あら、お帰りなさいゴート」

エイルと入れ違いになるように家に帰ってきた強人の手には、野いちごでいっぱいのカゴがあった。強人からカゴを受け取ったアイリレイアは、ホクホク顔で一粒摘《つ》まみ食いする。

「さっき来た人達は？　兵士みたいな格好だったけど」

「さっきの人達は、兵士さん達と魔法使いよ。魔法使いは定期的に、村の周囲の魔獣除けを点検しているの」

「魔法使い……。兵士に抱えられてた、裾の長い上着を着ていた人？」

帰り際の三人を見ていたのだろう。そう問う強人に、アイリレイアはテーブルのうえに野いちごを広げて、選別しながら頷く。

「ええ、この辺一帯を受け持っている、魔法使いのエイル様よ」

「いけ好かない魔法使いでしゅから、近づかないほうがいいでしゅ」

黙々と椅子を磨きながら、目を一文字にして言うゴーレムに、強人はそんなにイヤな奴なのかと、先程兵士に抱えられながら村を去った男を思い出す。

「うふふふっ、野いちごがこれだけあるなら、この前いただいた蜂蜜で、野いちごのジャムを作ろうかしら」

アイリレイアはエイルのことなどもう気にしていないようで、台所で野いちごを洗い、ジャムを作る準備をはじめる。

材料を鍋にいれて火にかけると、あとは根気よく煮詰めるだけだ。

「ゴート、焦《こ》がさないように、混ぜてもらっていてもいいかしら？」

「わかった。鍋の底にへらをあてて、しっかりと、だね」

焦がさないように混ぜる役目を強人に任せたアイリレイアは、寝室に戻ると兵士から受け取った重みのある手紙を取り出した。

多少の水に濡れても大丈夫な特殊な加工がされた封筒に封蝋がされ、召喚士の公的機関であることを表すリボン結びのロープを象《かたど》った印璽《いんじ》が押されている。

ナイフで封を切ると、なかには手紙と共に、布に包まれたお金が入っていた。

手紙の内容は、仕事に関すること。

そして同封されていたお金は、なんと、今回の旅費だと書かれている。

「……どういう、風の吹き回しかしら」

いままで一度も、こんなふうに旅にかかる費用を与えられたことなどなかった。

机のうえにお金を広げれば、金貨、銀貨、銅貨が、節約すればひと月は生活できるくらい入っていて、アイリレイアはそそくさと布に包み直した。

「なにかの、間違いかも」

嫌な予感にざわざわする腕を撫でて、手紙とお金を封筒に戻して机のうえに置くと、仕事のときに使っている、中身がいれっぱなしの……いつでも仕事に出られるように、準備万端の鞄《かばん》を引っ張り出し、その外側のポケットから片手サイズのケースを取り出した。

なかには、特殊な製法で魔力石の粉を練り固めて作られた記述棒が入っている。

魔法陣を書くために必要なこの道具は、高価なものだと一本で町人の平均的な月収の二ヶ月分もする。さらに、これを入手するためには魔法を使う者であると証明するバッジか、魔法学校に在籍していることを証明する書類が必要となる。

アイリレイアの持っているものは、在学中に購入した減りの早い安価なものだったが。魔法を滅多《めった》に使わないために、まだ半分も減っていない。

この村に来て使ったのは、赤子だった強人のミルクを温めるためのお湯を作り出したときだけだった。

滅多に使わないとはいっても、万が一のときに必要になるかもしれないものなので、アイリレイアは仕事の前に、こうしてその存在を確認する。

「アイリレイアー。煮詰まってきたんだけど、どうすればいい?」

部屋の外からかかった強人の声に、ジャムはゆるいほうが好きなアイリレイアは、慌てて記述棒をポケットに突っ込んで部屋を出た。

強人が丁寧にかき混ぜている鍋をのぞき込んで、少しゆるいくらいのそのジャムを、火から遠ざける。

「ありがとう、ゴート、丁度《ちょうど》いいわ。さてと、あとはこれを瓶《びん》にいれて……あ、瓶の消毒するの忘れてた」

煮立ったお湯で消毒した瓶に、熱々のうちにいれないと傷みやすくなる。

「う～ん、どうしようかしら……」

いつになく真剣な顔で悩んだアイリレイアは、一生懸命椅子を磨いているゴーレムを見て、今日はもう彼が巨大化することはないだろうと判断して記述棒を取り出す。

「あれ? それってチョーク? こっちにもあるんだ」

アイリレイアの様子を見守っていた強人は、彼女が取り出したものを見て、懐《なつ》かしそうな声をあげた。その声に、真剣な顔をしていたアイリレイアの表情が、ころりと和《やわ》らぐ。

「あら、そうなの? こっちでは、記述棒っていうんだけど。ゴートのところにも、魔法ってあったのね。そうよね、こっちの世界に来る魔法だってあるんですものね」

「え? 魔法はないよ?」

顔を見合わせて、二人は首を傾げる。

「魔法、ないの？」

「ないよ。お伽噺には出てくるけれど、実際にはない。俺がこの世界に来れたのは、秘術、っていう力なんだ。特定の事象しか起こせないし、誰でもできることじゃないから、使い勝手は悪いんだけどね」

考えながら口にする強人に、アイリレイアはチョークについて尋ねる。

「チョークは、黒板っていう、加工した板に書くための道具なんだけど、これは？」

「これは魔法を行使するために、魔法陣を書くのに使う、記述棒っていうのよ。見ててね」

エイルのために魔法を使うのは頑《かたく》なに拒否したアイリレイアだったが、強人に魔法を見せるためならばと。アイリレイアは真剣な表情で記述棒を持つと、石でできた作業台のうえに、学生時代に必死になって覚えた魔法陣を描く。そして、鍋に水をいれてカラの瓶と蓋《ふた》を沈めると、描きあげた魔法陣のうえに置いた。

「あとは、魔力を込めれば、魔法が発動するの。えいっ！」

「おおおっ！」

気合い一発魔力を込めると、一気にお湯が沸き上がる。ごぽごぽと、凶悪な様子で沸騰するお湯を見て、感心する強人のうしろで、一度で成功してよかった！　と胸を撫で下ろしたアイリレイアだった。

「凄いな、一瞬で湯が沸くなんて」

「ふふっ、そうでしょう？」

　長いトングで熱湯のなかの瓶を転がしながら、魔法陣が熱いのか顔を赤くしたアイリレイアが微笑むが、じっと強人に見つめられたアイリレイアは、赤い顔のままで小首を傾げる。

「どうしたの？　顔になにかついてる？」

「いや、こんなに便利なら、もっと日常で使えばいいのに」

　そう提案する強人に、アイリレイアではなく、椅子を磨いていたゴーレムがこたえた。

「御主人ちゃまは、滅多に魔法を使われましぇんよ」

　アイリレイアの椅子を、艶《つや》が出るほど磨き上げたゴーレムが、そのでき映えに満足そうに目を細めてから道具を片付ける。

「私は召喚士だから、魔法は苦手なのよ。ああ、もうそろそろ、いいかしらね」

　手早く瓶を取り出して湯を切り、その瓶のなかにまだ熱いジャムを七分目まで詰める。布巾を敷いた鍋に蓋をせずに並べ、水を瓶の半分よりも高めまで張る。そしてもう一度……今度は一気に魔力を入れすぎないように注意しながら、ゆっくりと鍋を加熱する。しばらくそうして加熱してから魔力を止めて、手早く瓶に蓋をしてゆく。

「あとは、冷めるまで放置よ。ゴート、これを涼しい場所に置いてきてくれるかしら？」

「ああ、いいよ」

笑顔で強人に頼むアイリレイアの額からは、玉のような汗が幾筋も流れている。強人は快く応じて、アイリレイアに渡された鍋を台所の端の涼しい日陰に持っていく。

鍋がおろされた魔法陣を、いつの間にかそばまで来ていたゴーレムが濡らした布巾で擦《こす》る。

「御主人ちゃま。無理は、しないでくだしゃい」

アイリレイアにだけ聞こえる、小さく消え入るような声がゴーレムから零れる。

「このくらいなら大丈夫よ。心配性ね、ごーれむタンは」

黙々と魔法陣を消すゴーレムを撫でて、アイリレイアは微笑みを浮かべた。

＊　＊　＊

早朝から鍛錬することを日課としていた強人だったが、体質なのか筋肉はさほど増えず、朝食を食べながらついついそのことをぼやいていた。

「筋肉がつかないの？　でも、腹筋も割れているし。ほら、羊飼いのスイーフさんよりも、筋肉があるじゃない」

少々お腹の出てきた中年男性を引き合いに出され、強人はがっくりと肩を落とす。

「スイーフさんと比べられてもなぁ」

「ふふふっ。じゃぁ、もっとしっかりご飯を食べたらどうかしら？」

そう言いながら、熊肉のスープのお代わりをよそうアイリレイアに、強人は受け取ったスープを見つめてから、さりげなくアイリレイアに顔を向ける。

「アイリレイアも、逞《たくま》しい男のほうが、好きだろ？」

さり気ない調子で尋ねた強人に、アイリレイアは笑顔で大きく頷く。

「ええ、そうねぇ。やっぱり、男の人は大きいほうがいいわよね。身長も高くて、私のことを抱っこしてもびくともしないような、しっかり筋肉質な人がいいわ。うふふ、それに、髪質は固めで、表情は無愛想でもいいかしら。うんそうね、別にお喋《しゃべ》りじゃなくても、私のことを大切にしてくれたら、凄く幸せかも――」

両手をあわせて、うっとりと目を細めて理想を語るアイリレイアに、強人は机にごりごりと頭を押しつけた。

アイリレイアの理想には遠い自分に、身もだえる。身長はアイリレイアを超したし、きっと抱っこもできるけれど、彼女が望むような、大きくて筋肉質な体型ではない。

「がんばるでしゅ」

「うるさい」

ゴーレムの心のこもっていない応援に、拗ねたようにこたえてスープを飲み干した強人を、アイリレイアは優しく見守っていた。

食休みもせずに鍛錬をする強人を、木陰で足を放り出し、座って眺めるアイリレイアの隣には、ゴーレムが立っている。

軍と共に行動することが多いアイリレイアやゴーレムが、はじめて見るような剣捌きでジノージからもらった剣を振るう強人。そうかと思えば、剣を置いて無手で蹴りや突き、これも流れるような動きで何度も繰り返す。その動きはとても美しくて、楽しく見ていたアイリレイアだったが、ちょっと用事があるからとゴーレムを残して、家へと戻っていった。

いつもはアイリレイアについていくゴーレムだったが、今日は珍しく強人のそばに残った。

体を酷使するその鍛錬の成果か、強人の筋肉は、本人の意思に反してしっかり引き締まっていた。

ひととおり鍛錬を終えた強人は、家のそばにある共同の井戸で頭から水を被《かぶ》って汗を流し、そのそばには手拭いを持ったゴーレムが、目を一文字にして佇《たたず》んでいた。

「……言いたいことがあるなら、言えばいいじゃないか」

ゴーレムの憮然《ぶぜん》とした顔から目を逸らし、その手から手拭いを取りあげて、浴びた水を拭《ふ》き取りながら強人が促《うなが》した。

「そうでしゅか、では、遠慮なく」

ゴーレムの目がまん丸に戻る。

「もうそろそろ、筋肉がつかない人間であることを認めなしゃい。それ以上筋肉をつけると俊敏性が損《そこ》なわれるでしゅ」

ゴーレムの手が、タンタンタンと小気味よく井戸の縁を叩く。

「だけど……アイリレイアは、逞しいほうが好みだと言っていた」

体を拭きながら小さく項垂《うなだ》れる強人に、ゴーレムは呆れる。

「本当に贅沢《ぜいたく》でしゅね」

井戸の縁を叩いていた手が、苛立つようにゴリゴリッと石を掻《か》いた。

「君を拾ったとき、御主人ちゃまは温かくて柔らかな君を抱いて、本当に幸せそうでしゅた。大切に育てるのだと、それはもう嬉ししょうに仰っておりましゅたよ」

ゴーレムは手で擦って削れてしまった井戸の縁に気づいてそっと手を離した。

「君は、温かな肌を持ち、抱きしめても痛くない体を持っているのに。贅沢でしゅ」

ゴーレムの声は淡々としていたが、その思いが深いことを、強人は感じ取った。

「ゴーレムど――」

「あら！　ごーれむタンだって、抱きしめられるわよ？」

慰めを口にしようとした強人の言葉を遮ったのは、明るいアイリレイアの声だった。

いつの間に近くまで来ていたのか、アイリレイアが飛びつくようにしてうしろからゴーレムを抱きしめる。もう何年も一緒にいるので、乱暴に飛びついても痛くない方法をアイリレイアは習得していた。

「ほら！　抱きしめたって痛くないわよ」

アイリレイアはぎゅうぎゅうとひとしきりゴーレムを抱きしめて、その頭にチュッとキスを落とした。

「それは、カドが丸まってるからでしゅ。昔は、もっと尖っていましゅた」

アイリレイアの好きにさせながらそう言ったゴーレムは、丸くなった角を撫でて自嘲するように、「随分《ずいぶん》、劣化してしまいましゅた……」と呟いた。

石の体が劣化するほどの時の経過を思って、強人は切なそうな顔をしたが。アイリレイアはきょとんとしてから、花が咲くように笑った。

「馬鹿ねぇ、劣化じゃなくて、進化よ。だって、こうやって、抱きしめやすくなっているんですもの、ね？　ふふっ。ほらほら、二人とも、家に帰るわよー」

先に立って家へと向かったアイリレイアを見送り。振り向いた強人は、動こうとしないゴーレムの顔を見て、憮然とした顔で目を据わらせた。

「ひとつ、聞いてもいいか？」

「なんでしゅか？」

顔をあげて強人を見たゴーレムに、強人は率直に疑問を口にする。

「ゴーレム殿にも、感覚や感触ってあるものなのか？　いやあるんだろ？」

意図のわからない質問に、ゴーレムは強人に向けた目を、呆れたように半眼にする。

「ありましぇんよ。あるわけが、ないでしゅ。わたくしは石でできているんでしゅよ」

「じゃあなんで、アイリレイアに抱きしめられると、あんなに幸せそうな顔をするんだ？　俺はてっきり、アイリレイアの胸があたってるからだと思ってた。俺だって、アイリレイアに抱きしめられたいのに！　ゴーレム殿ばかり、羨《うらや》ましい！」

感覚はないと聞けども、納得できない様子で家のほうへ帰っていく強人を、ポカンとして見送ったゴーレムは、目をひとつぱちくりとさせた。

「幸せそう、でしゅか。そんな顔をしてたでしゅか……」

恥ずかしそうに、そして、感慨深そうに零れたゴーレムの呟きは、誰にも聞かれることはなかった。

＊　＊　＊

「ただいま、アイリレイア。あれ、どこかにいくのか？」

帰ってきた強人が、仕事用の鞄の荷物を確認しているアイリレイアを見つけて尋ねた。

「お帰りなさい、ゴート。ちょっと離れた町までいかなきゃならなくて。歩いて片道一日くらいだから、そんなにかからずにすぐに帰ってくるわ。あ、ゴートはお留守番していてね。ごーれむタンと私でいってくるから」

見せる。

「俺もいく」

さらりと強人を置いていこうとするアイリレイアに、強人は慌てて口を挟んだ。

靴に着替えをぎゅうぎゅうと押し込んでいたアイリレイアは、強人を見上げて少し躊躇いを見せる。

「数日で戻ってくるし。お仕事だから……」

「お仕事でしゅか?」

遅れて家に帰ってきたゴーレムの声に、アイリレイアは頷いた。

「お帰りなさい、ごーれむタン。どうしても手が足りないのですって」

アイリレイアはポケットから取り出した手紙を開いてゴーレムに渡す。それは先日、魔法使いのエイルが持ってきたものだった。

いままでのように、無茶な日程と、大まかな行き先だけ記されたものではなく。

無理のない日程で場所と依頼内容が丁寧に記されており、休暇中に申し訳ないとまで書き添えられていた。

最後に指示者として記《しる》されていた氏名は、アイリレイアの上司である、ペイドン召喚局長となっているものの、まるで別人のように真っ当な内容だった。

「反省したようでしゅね。でしゅが、休暇中に仕事を回しゅのは、いただけましぇんね」

手紙に目を通して、満足そうにしつつも不快をあらわすゴーレムに、アイリレイアは困ったように小首を傾げる。

「でも今回は、旅費までいただいてしまったのよね」

手紙と一緒に入っていた十分な旅費に戸惑いを見せるアイリレイアに、ゴーレムは気にすることはないと言い切った。

「当然でしゅ。仕事で出向くのに、自分の懐を痛めるのがおかしいって、ミーナメーアも言ってましゅた」

はっきりと言うゴーレムに、アイリレイアは肩を竦める。

最初の頃こそ、お給料だけではやっていけないから、宿泊費などの旅費をどうにかしてほしいと直属の上司である召喚局長に出先からお願いしていたアイリレイアだったが、その手紙に返事が来ることはなかった。

やがて事情を知った、一緒に仕事をすることが多い軍のほうが、食事や服などを融通《ゆうずう》してくれたり、派遣された先の村や町の人達があれやこれやと世話を焼いてくれたお陰で、カツカツだった生活に余裕ができた。

そうなると、もともと大らかな気性のアイリレイアは、取りあえず衣食が足りればそれでいいかと気楽に考えているうちに、すっかり自分の懐を痛めるのに慣れてしまっていた。

「向こうで一泊して、翌日にお仕事なんですって。あそこって確か、温泉地だから、ちょっと楽しみなの」

「それはようごじゃいましゅね。御主人ちゃまは、お風呂がお好きでしゅし。どうせでしゅから、何日か向こうで過ごしてもいいと思いましゅ」

声を弾《はず》ませるアイリレイアを見て、休暇にもかかわらず依頼された仕事に難色を示していたゴーレムも、態度を軟化させた。

「アイリレイア。聞いてもいいか？」

会話についていけず、取り残されていた強人が、意を決したように声をかけた。

「アイリレイアの仕事って、なんなんだ？」

「あら？　教えてなかったかしら？　私は国付きの召喚士なの。いまは休暇中だから、お仕事はしてないんだけれど……」

詳《くわ》しい仕事の内容を言いたくないアイリレイアが言葉を濁すのを引き取って、ゴーレムが強人に向き合う。

「わたくしは御主人ちゃまに召喚され、使役していただいているゴーレムでしゅ。御主人ちゃまのお仕事は、わたくしめを使役して、盗賊討伐《とうばつ》や魔獣討伐の助《すけ》っ人《と》をすることでしゅ」

「まじゅー討伐？」

はじめて聞く言葉に、怪訝《けげん》な顔をした強人に気づいたアイリレイアが言葉を続ける。

「魔獣っていうのは。魔力を持った獣で、性質が凶暴で、身体能力が普通の獣より高いのが特徴の害獣よ。滅多にあらわれないんだけれど、家畜や人間も襲うから、見つけたら駆除しなきゃいけないの」

「そんな危険なこと……。ってことは、今回の仕事というのも？」

「ええと、たぶん、そんな感じのお仕事ね」

もごもごと言葉を濁して、誤魔化《ごまか》すように笑ったアイリレイアに、強人は確認するように尋ねる。

「アイリレイアも、いくのか？」

「ええ、私はなんの手伝いもできないから、近くにいるだけだけどね。戦うのはごーれむタンがしてくれるの。ごーれむタンはね、最強のゴーレムっていわれるくらい、とっても強いゴーレムなんだから！」

自分のことを自慢するように胸を張るアイリレイアに、強人は少しホッとしたように肩の力を抜いた。

「確かにゴーレム殿は強いもんな。ねえ、アイリレイア、俺も連れていってくれないか」

真《ま》っ直《す》ぐにアイリレイアの目を見て頼んでくる強人に、アイリレイアはとんでもない！　と厳しい顔で首を横に振る。

「駄目よ、お仕事なんだもの。ゴートはお留守番です」

毅然と言い切って顔を逸らすアイリレイアに、強人は諦めない。

「頼む。この村以外の世界も、知りたいんだ」

これも勉強なのだと懇願《こんがん》する強人に、それでもアイリレイアは承諾するのを躊躇う。

そこで強人に助け船を出したのは、沈黙していたゴーレムだった。

「御主人ちゃま、わたくしはゴートを連れていってもいいと思いましゅよ。まだ村以外を知らないでしゅから、町にいくのはとても勉強になると思いましゅ」

ゴーレムの言葉に、二人が一斉に彼のほうを向く。ゴーレムはいつもの丸い目で強人を見てから、アイリレイアに視線を移す。

黒く丸いその目は、アイリレイアになにかを訴えていて、逸らされることがなかった。しばらく見つめ合ったアイリレイアは、その視線に負けて小さく肩を落とす。

「町の勉強ね……わかったわ。ごーれむタンがそこまで言うなら」

「ありがとう！　アイリレイア。ゴーレム殿も、ありがとうっ」

渋々承諾したアイリレイアに、強人は嬉しそうな声をあげて礼を言い、次いでゴーレムに飛びついて感謝して、ゴーレムに嫌がられている。アイリレイアは少し離れたところから恨めしげな視線でゴーレムを見た。


その日の夜、ベッドに潜ったアイリレイアは、ベッド脇に立つゴーレムの頭をぺちぺちと叩いた。

「ねぇ、ごーれむタン、なにを考えてるの？　お仕事にゴートを連れていくなんて」

日中体を酷使して鍛えている強人は、居間に作った寝床で既に熟睡しているので、小さな声でゴーレムを詰《なじ》ったアイリレイアに大人しく叩かれながら、ゴーレムは静かに声を返した。

「御主人ちゃまは、ゴートをこの家に残して、仕事に戻るつもりでしゅか？　ゴートを、この村に置き去りにして」

　ゴーレムの言葉に、アイリレイアは叩いていた手を止めると起き上がり、ゴーレムと向き合うようにベッドの縁に座った。

「それが一番いいでしょ？　だって、ずっと一緒にはいられないもの。私の仕事は忙しいし、彼を連れ回すわけにはいかないわ。それにこの村の人もゴートを受け入れてくれているから、きっとひとりでも大丈夫よ」

　それに、私そんなに稼ぎがよくないから、彼を養うことも難しいんだもの。と少し悔しそうに苦笑いするアイリレイアに、ゴーレムはそれを否定する。

「今後、御主人ちゃまの待遇は、変わるはずでしゅ。今回だって、ちゃんと旅費も出たじゃないでしゅか。ゴートを連れていくことくらい、わけないでしゅよ」

「あら。随分ゴートを気に入ってるのね？　ごーれむタンは、ゴートのことを、あまり好きではないのだと思ってたわ」

　静かにそう言ったアイリレイアの言葉に、ゴーレムは首を横に振った。

「わたくしに、好き嫌いはありましぇん。判断の基準は、御主人ちゃまでしゅ。御主人ちゃまのためにならないものは排除し、有益なものであれば、受け入れましゅ」

「ゴートのことを、有益だと思うの？」

アイリレイアの問いに、ゴーレムは静かに頷いた。

「あれは、御主人ちゃまを裏切りましぇん」

それはゴーレムの最大の賛辞に違いなく、アイリレイアは沈黙した。

本当は、これ以上離れがたくなる前に、強人と別れようと思っていた。強人もすっかり村に馴染んだし、十分休養もしたから、この仕事を機に復帰してもいいとさえ考えていた。

「なにも知らせずに、村に置いていっても、きっとゴートは御主人ちゃまを探しましゅよ」

ゴーレムの静かな言葉は確信に満ちている。そして、アイリレイアも薄々そうなるのではないかと考えていただけに、溜め息が出てしまう。

「拾った責任は、最後まで負うべきでしゅ」

「ううっ……」

正論に打ちのめされ、呻《うめ》きながらベッドに突っ伏す。拾った責任は確かにあるだろう、けれど、自分と同じぐらいの年齢の青年にも、それが当てはまるのか。

「もしも、置いていくのでしゅたら、ちゃんとそのことを伝えなければなりましぇんよ。なにも言わずに置いていかれるのは……辛いでしゅ」

最初の主人である大魔導師に置いていかれ。五百年以上の時を独りで過ごしたゴーレムの言葉は、静かにアイリレイアの胸に響いた。

アイリレイアはベッドをおりて、立ち尽くすゴーレムをぎゅっと抱きしめた。

「わかったわ、今回は連れていく。離れるときは、ちゃんと伝えるわ」

「それがいいでしゅ」

アイリレイアを傷つけてしまうことを恐れて、抱き返すことがないゴーレムに、アイリレイアは寂しくなる。骨が折れてもいいから、抱きしめ返してほしいと言いたくなる。

困らせることがわかるから、絶対に口にはしない。その代わり、自分から抱きしめた。

「さあ、御主人ちゃま、もう寝ましぇんと」

アイリレイアをベッドに促すゴーレムに大人しく従って、ごそごそとベッドに潜り込んだアイリレイアは、ゴーレムにベッドの端に手を乗せてほしいとねだる。

「おやすみなさい、ごーれむタン」

「よい夢を、御主人ちゃま」

ベッドに乗せられた四角い手に、手を重ねて目を閉じたアイリレイアを、ゴーレムはいつものように一晩中見守り続けた。

第三章　休日出勤は、盗賊退治。

夜が明けきらないうちに家を出た三人は、村道から街道に出て、歩いて目的の町を目指す。

普通の旅人ならば街道にある宿駅から、宿駅間を運行する駅馬車を利用するのだが、馬車にゴーレムが乗るのを遠回しに拒絶されるために、歩かざるを得ない。

曰《いわ》く、「今日は馬の調子が」「そっち方面はもう出てしまったんですよ」「もう馬車が満員でして、すみません」というふうに。

アイリレイアとゴーレムにとってはいつものことなので、端《はな》っから駅馬車には寄らずに街道を進んだ。強人《ゴウト》も歩くほうが鍛錬になるからと二人に並ぶ。

街道沿いには魔法使いが獣除けの魔法陣を施してくれているので、強盗はさておいて、獣に襲われる心配はせずに旅をすることができる。

予定どおりその日の日没間際に、目的地であるトリス・アレスの町に到着した。

いつも町の入り口近くの宿屋に部屋を取っているが、ここでも毎回ゴーレムはやんわりと拒否されてしまい、彼は宿に泊まらせてもらえない。

しかし、今回アイリレイアはその宿を通り過ぎ、指令書に指定された、中央公園沿いにある宿屋を目指した。

町の中心を通る街道の先に、ぽっかりと広がるのが中央公園と呼ばれる大きな広場で、その一等地である公園に面した場所に目的の宿はあった。

「御主人ちゃま？　いつもの宿ではないのでしゅか？」

「そうなのよ。今回は、宿が指定されてるのよね。ええと、あった、ここだ……わ」

依頼書に指定された宿を見上げて、アイリレイアはぽかんとする。

「随分立派な建物だな」

強人が感心するのも当然で、そこは貴族御用達《ごようたし》の高級宿だった。

外観もさることながら、中央公園沿いという一等地に馬車を置く広い中庭まで有していて、その中庭には立派な馬車が何台も並んでいる。

「な、な、なにかの間違いかしら。いえ、間違いに違いないわ」

依頼書に書かれている宿名と看板を何度も見比べていると、宿から従業員が出てきた。

「いらっしゃいませ。アイリレイア様でいらっしゃいますか？」

「は、はいっ！」

スーツを着て髪をうしろに撫《な》でつけた身なりのいいその従業員は、声をひっくり返して返事をしたアイリレイアを笑うことなく、胸に手をあてて完璧な営業スマイルでお辞儀をした。

「お待ちしておりました、お部屋にご案内させていただきます。お荷物をお預かりいたしますね。どうぞ、こちらでございます」

自然な動作で、アイリレイアの持つ荷物を取りあげた従業員は、誘導するように宿のドアを開けた。

「あのっ、ひ、ひとり増えたんですけれどっ」

アイリレイアがわたわたとそう申告すれば、従業員は彼女を安心させるようにニッコリと笑ってこたえる。

「大丈夫ですよ。アイリレイア様とゴーレム様のお部屋は広めにつくられておりますので、もうお一方宿泊されても問題ございません。勿論《もちろん》、別にお部屋を取ることもできますが、どちらがよろしいですか？」

「へ？」

アイリレイアだけでなく、ゴーレムも部屋に案内しようとする従業員に、アイリレイアはポカンとする。

いままで彼女が利用してきた宿は、ゴーレムを宿のなかにいれるなど以《もっ》ての外《ほか》、というところしかなかった。

いつでもゴーレムと一緒であろうとするアイリレイアは、はじめの頃は宿も遠慮し野宿していたのだが、少しだけ体調を崩したことがあり、仕方なく宿泊だけはちゃんと宿を取るようになった。

取る宿も最初はひたすら安いところを探して宿泊していたが、女性がひとりで泊まるというのは色々と危険が伴うことがわかったので、いまは町の入り口にあるそれなりの宿屋の個室を利用するようになっていた。

だが、こんな高級な宿は、選択肢《し》にいれたことすらない。

「あの、ごーれむタンも、部屋に入っていいんですか？」

確認するように聞くアイリレイアに、従業員は安心させるように笑顔で頷《うなず》く。

「勿論でございます。ペイドン召喚局長様より、そのように手配いただいております」

「召喚局長……」

倒れる前までは、こんなふうに宿の手配などされたことはなかった。ましてや、ゴーレムと一緒に宿に泊まれるなんて、思ってもみなかった。

フワフワと浮かれるアイリレイアの代わりに、ゴーレムが従業員に強人も同じ部屋で大丈夫だと伝え。強人がアイリレイアの手を引いて、従業員の先導に従って部屋に入った。

さすがに最上級の部屋ではないが、アイリレイアが泊まったことのあるどの宿よりも、広くて清潔で綺麗《きれい》で、アイリレイアは目をキラキラと輝かせた。

「素敵っ、お花まで飾ってあるわ！　ベッドもふかふか。おトイレが共同じゃないなんて！　こっちはなにかしら？　お風呂……っ」

ぱたぱたと部屋を確認して歩いて、部屋にお風呂まであることに絶句したアイリレイアは、へなへなとその場に座り込んだ。

「アイリレイア！　大丈夫か？」

「ゴ、ゴート……」

涙目で見上げてくるアイリレイアに、強人はなにごとかと彼女のそばに膝《ひざ》をついてその背に手を添える。

「こ、こんな高いところ、私、絶対、払えないわ」

「お支払いでしたら、既《すで》にいただいておりますよ」

部屋の案内のために残っていた従業員が、にこにこと告げた言葉に、アイリレイアの目が驚きに丸くなる。

「休暇中に仕事をさせるのでしゅから、当然でしゅね」

ゴーレムは憮然《ぶぜん》とするが、アイリレイアはそれを力一杯否定した。

「当然じゃないわよ。お仕事は、お仕事なんだからやって当たり前だものっ、それなのに、こんなによくしていただけるなんて……っ！　ああっ、召喚士、やっててよかった……っ」

顔を覆《おお》って泣き出したアイリレイアを強人がオロオロと慰め、ゴーレムはどうすればいいか困っている従業員を部屋から追い出した。

強人は床に座り込んだアイリレイアをソファに連れていき、落ち着かせるように何度も背を撫でる。

「もっと早く、釘《くぎ》を刺しておけばよかったでしゅ」

「え？」

アイリレイアの感激振りを見て、ぼそりと零《こぼ》したゴーレムの言葉を聞き返した強人に、ゴーレムは目を逸《そ》らす。

「なんでもないでしゅ。御主人ちゃま、晩ご飯はどうしましゅか？　頼めば、部屋まで持ってきてくれるそうでしゅよ」

ゴーレムが質問したことで気が逸れて泣き止《や》んだアイリレイアは、頬を上気させてコクンと頷くと、「どんなごはんなのかしら」と、熱くなった頬を両手で挟んで嬉《うれ》しそうに表情をほころばせた。

テーブルに並べられた料理を前に、またしてもアイリレイアは打ち震えていた。

「ほう……っ」

アイリレイアと強人は目にも華やかに盛り付けられた料理、そしていい匂いに目を輝かせ、アイリレイアは両手を胸にぎゅっと抱え、魂が抜けるような溜《た》め息を吐き出した。

「御主人ちゃま、ご飯が冷めてしまいましゅよ？」

「そうね！　おいしいものはおいしいうちに食べなきゃ、作ってくれた人に申し訳ないわよね、いただきましょう、ゴート」

アイリレイアは両手を胸の前で合わせると、そっと目を伏せて「いただきます」と、自然に口にしていた。アイリレイアは言ってから、強人がいつもその言葉を口にする理由がよくわかった、この言葉は感謝だったのだと。

伏せていた目をあげれば、強人の嬉しそうな微笑《ほほえ》みが目に入り、気恥ずかしくなったアイリレイアはナイフとフォークを手に取って食事をはじめた。

「いただきます」

強人もアイリレイアに続いて料理を口に運ぶ。

肉汁が滴《したた》り香辛料がほどよく効いたその肉のうま味を味わうように、ゆっくりと咀嚼《そしゃく》する。

クリーム仕立てのショートパスタには、こんがりと焼いた肉厚なベーコンが入っている。

スープは野菜のうま味がぎゅっと詰まっていて濃厚だった。

「香辛料が効いていて、とてもおいしいな」

強人の感想に、アイリレイアは笑顔で頷く。

「本当ね！　やっぱり料理人が作ると違うわ。使ってるお塩も違うのかしらね？」

肉を食べながら、難しい顔をするアイリレイアに、強人は首を捻《ひね》る。

「塩なんて、どれでも同じじゃないのか？」

「あら、違うわよ。ここら辺でよく売られているお塩は、この国の南にある、ピチカラナ湖っていう塩湖から取れるものなの、勿論それも美味しいけれど。でも、高級なお塩っていったらオッペル海岸の天然塩なのよ。倍近いお値段なんだから！」

アイリレイアはもぐもぐと肉を噛《か》んで、うっとりとその味に舌鼓《したつづみ》をうつ。

「そういえば、塩湖の周辺に発生しゅる、塩トカゲの討伐がもうそろそろありましゅね」

ゴーレムの言葉に、アイリレイアがこくこくと頷いた。

「塩、トカゲ？」

聞いたことのない生物に強人が首を傾《かし》げると、食事をする必要がなく、手持ち無沙汰《ぶさた》なゴーレムが顔をあげた。

「捕まえた獲物を塩湖に埋めて塩漬けにしゅる、タチの悪い魔獣でしゅ。小動物から人間を含めた大型動物まで、節操なく塩漬けにしゅるんでしゅ」

「人間の、塩漬け」

ぞっとする強人に、アイリレイアは苦笑して、ゴーレムに注意する。

「ごーれむタン、ちょっと大げさよ。あのね、ゴート。危険な魔獣ではあるけれど、真水さえ持っていれば、近寄ってこないから大丈夫なのよ。危険なのは産卵時期で、塩漬けはそのときにしかしないから、その時期以外はわりと安全なのよ」

アイリレイアの言葉を聞いて、ほっと胸を撫で下ろす強人にゴーレムが首を横に振る。

「御主人ちゃまの、わりと、というのは、あてにならないでしゅ。塩トカゲは、二級災害指定の魔獣でしゅ」

「……その、二級災害指定っていうのは？」

「二級のうえが一級で、そのうえが特級でしゅ。普通の魔獣は兵士が五人もいれば退治できましゅが、災害指定魔獣は、最低でも三十人がかりで討伐しましゅ」

ゴーレムの言葉に強人は唸《うな》った。

「そんな生物がいるのか……」

「ゴートの世界には、魔獣はいないの？」

魔獣に驚いている強人に、アイリレイアが尋ねると、頷きが返ってきた。

「草食や肉食の獣はいるけど、魔獣というのは存在していないよ。こちらの生物は、俺の世界よりもずっと強い。それに、文明も……俺が考えていたよりも発展してる」

「文明？」

首を傾げるアイリレイアに、少しばつの悪そうな顔をした強人が頷く。

「村では、物々交換ばかりだったから、貨幣もないと思っていた。だけど、町に来たら、普通にお金が流通しているし、トイレだって水洗で清潔だし、部屋に風呂までついている」

食事が運ばれてくるまで、アイリレイアと一緒に部屋を探検した強人は、至るところに魔道具を使った部屋の設備に驚いていた。トイレは紐《ひも》を引けば水が流れて汚物を流し、風呂には温かな湯が張られ、それは魔道具の力で一定の温度を保っていた。

「まままま待って！　こんなに素晴らしいのは、ここが高級な宿だからよっ。普通は、トイレは外でくみ取りだし、お風呂はついてなくてタライにお湯をくれるくらいよ！」

この宿が普通だと思われたら、これから普通の宿に泊まるときにがっかりされてしまうと、慌《あわ》てて言い募《つの》るアイリレイアに、強人は静かに首を横に振った。

「大丈夫、それはわかってるよ。だけど、これだけの設備を作る力がある、っていうのが重要なんだ。俺は、この世界を、見くびっていたんだ」

懺悔《ざんげ》するように言って口を閉じた強人に、アイリレイアは首を傾げる。

「見くびっててもいいんじゃないかしら？　いま気づいたんだし、遅くはないでしょ？」

どこが悪いのかわからないといった風情のアイリレイアに、強人は目を瞬《またた》かせ、それから恥じ入るように頷いた。

「アイリレイアの言うとおりだ、これからはもっと積極的にこの世界について学んでいくよ」

「その心意気よ、ゴート！　折角《せっかく》だから、町を見に行きましょうか」

アイリレイアと強人は、二人連れだって宿を出た。ゴーレムも誘ったのだが、自分が一緒だと悪目立ちするからと言って、宿から出ることはなかった。

町を歩きながらも気がそぞろなアイリレイアに、強人は苦笑を零す。

「ゴーレム殿がいないのは、そんなに心配？」

強人に尋ねられて、アイリレイアはハッと顔をあげて彼を見ると、穏やかな表情といたわるような黒い瞳に見つめられ、思わず顔を逸らしてしまう。

「……はじめてなの。ごーれむタンと一緒にいないのが」

「だけど、村では、別々に行動していたよね？」

問われてアイリレイアは、もじもじと両手の指を絡《から》ませる。

「村では、帰るお家《うち》があったし、必ず日の高いうちに家に帰る約束だったし……ううん、違うわね。本当は、ごーれむタンが自分から、私と離れて待ってるなんて言うの、はじめてなの」

しょんぼりと肩を落として溜め息を吐くアイリレイアを、強人は複雑な表情を浮かべて見おろしたが、アイリレイアの手を取ると、強引に手を引いて歩き出した。

「ゴート？」

「アイリレイア、この国のこと、教えてくれるんだろ？」

驚いて見上げたアイリレイアは、微笑んで見つめてくる強人の端整な顔を見て、自分の胸がドキドキと鼓動を強くすることに戸惑った。

出会ったときには、葉っぱのように小さかった手は、アイリレイアの手を包み込めるほど大きく、日々の鍛錬でできた固いマメがザラリとアイリレイアの肌を撫でる。

身長も追い越され、もうすっかり立派な青年だったのだ。

「アイリレイア？」

びっくりしたように見上げてくるアイリレイアの腰を素早く抱き寄せて、正面から歩いてきた人を避《よ》けると、彼女の腰に手を回したままゆっくりと歩く。

まるで恋人同士のようなその距離に動揺したアイリレイアが、腰を抱く手から逃れようと身を捩《よじ》ると、強人はすんなりと腰に回した手を外したが、代わりにアイリレイアの指に指を絡めるように自らの手を繋《つな》げた。

「アイリレイアはぼんやりしているから、手は繋いでおこうか」

はにかむような微笑みを浮かべて言われ、アイリレイアは頬を熱くしたが、強人の手を振り払うようなことはしなかった。

そのことが嬉しくて堪《たま》らないというように、強人は切れ長の目元をほんのりと赤くして口元をふにゃりと緩める。

「――っ！　ま、まずは、お金の勉強をしましょうっ」

アイリレイアは強人の顔を見てられなくて、彼の手を引っ張るようにして店を回って、様々な物の値段を教える。それにより、強人は相場や価値観をどんどん覚えていった。

村では物々交換が当たり前で、夜は日の入りと共に寝静まり、朝は日の出と共に起き出す生活だった。それに対して、町は店が軒を連ねていて、物々交換もできなくはないけれど、支払いの多くはお金ですまされる。そして、酒場などでは夜でも灯りを使って営業していた。

また、一部の商業区域では、それこそ明け方まで灯りのある場所もある。

「いまはやってないけれど、朝にはここにびっちり市が立つのよ。近くの村から野菜や肉を持ってきたり、商人の人達が珍しいものを売っていたりして、とっても面白いわよ」

　公園の周囲には尖塔《せんとう》を持つ教会があり、町の公的機関である庁舎があり、交易商人達が集《つど》う商館がある。

「あれは商館よ。立派でしょう？　商人の人達が会議をしたり、宿泊したりする場所なの。商人ギルドもあのなかにあるわ」

　アイリレイアが示した建物を見れば、立派な建物の広い間口から幌のかかった荷馬車が出てくるところだった。

「大店《おおだな》の商会がお金を出し合って運営しているのよ、庁舎よりもよっぽど立派よね。あ、正面にあるのは教会。どうしてもお金がないときは、礼拝堂に泊まらせてもらえるわ。ただし、朝のお掃除をお手伝いしなきゃならないけれどね」

「へぇ、そうなのか」

　しきりに感心してくれる強人に、アイリレイアも嬉しくなる。アイリレイアはふと目に付いた店へと、強人の手を引いた。

「喉が渇いたから、ちょっと寄っていきましょうか」

　そう言ってアイリレイアは強人を連れて食堂へ入った。勿論、これも勉強の一環だ。

　中途半端な時間にもかかわらず店のテーブルは半分以上埋まっている。

　ガヤガヤする店の、壁際の空いている席に座ると、すぐに給仕の女性が注文を取りにきた。

「お酒じゃない飲み物はあるかしら？」

アイリレイアの質問に、給仕の女性はニッコリと笑顔で「ありますよ～。バターミルクに、アーモンドミルク、少しお値段は張りますけど、魔道具で冷やした果実水も人気ですよ」と教える。

「へぇ！　面白そうね、それをもらおうかしら」

目を輝かせるアイリレイアは女性に「今日は葡萄《ぶどう》とリンゴと野イチゴがありますよ。どれにします？」と問われて「じゃぁお薦めなのを、二種類で」と返したアイリレイアから、給仕の女性はするっと流し目を強人に向けた。

「おにいさんは、お酒のほうがいいんじゃないかしら？　うちはエールもワインもおいしいわよ？」

アイリレイアへ向けたものとは違う種類の、色気を含んだ微笑みを見て、アイリレイアはむっとするが、強人は気にした様子もない。

「酒は結構だ」

にこりともせずに言い切り給仕の女性から視線を外すと、アイリレイアへ微笑みを向ける。

そのあからさまな態度に、女性は一瞬ムッとしたが、すぐに表情を繕う。

「わかったわ、お薦めの果実水を二つね」

アイリレイアは二人分の代金として、女性に銀貨を渡す。

強人はその様子を見守り、お金をエプロンのポケットにいれて去っていく女性の背を見送ってから、アイリレイアに視線を戻した。

「支払いは先にするんだね」

「んー、場合によりけりかしら。商品と引き替えに支払うときもあるし、色々ね」

アイリレイアはテーブルに肘《ひじ》をついて手のうえに頬を乗せ、お店を眺める。先程の給仕の態度は忘れることにして、店員達は愛想がいいし、店の雰囲気も明るくていいお店だなと、アイリレイアは微笑む。

「楽しそうだね」

「ふふっ、そうね。活気があって、いいお店よね」

強人の言葉に同意した彼女に、「アイリレイアが、だよ」と強人は訂正する。

店のなかを見ていたアイリレイアが、正面に座る強人に視線を戻せば。アイリレイアを見て微笑んでいる強人と目が合った。

「アイリレイアが、元気になってよかった」

手を伸ばして、頬にかかったアイリレイアの髪をそっと耳にかけた強人に、アイリレイアの頬が赤く染まる。

「ご、ゴートっ、髪は……っ」

「うん、求愛だよね？　覚えてるよ。アイリレイアの教えてくれたことは、全部覚えてる」

強人もテーブルに肘をついて手の甲に顎《あご》を乗せれば、アイリレイアとの距離が近くなる。

恨めしそうに上目遣いで睨《にら》むアイリレイアを、強人は物憂げに見つめる。

「アイリレイア。愛してる、って言ってもいい?」

「な……っ!」

驚いて、逃げかけるアイリレイアの手を掴《つか》んだ強人は、逃がさないように、彼女の指に指を絡《から》めて手を握る。

「逃げないで、アイリレイア。あなたを追い詰めたいわけじゃないんだ。ただ、俺の思いを知っていてほしいだけだから」

絡めた指先で手の甲を撫で、手を離した。

アイリレイアはその手をもう一方の手で、ドキドキと音を立てる胸に抱き込んだ。

「はーい、お待たせしましたー。葡萄とリンゴでーす」

先程注文を取りに来た人とは違う給仕の女性が、にこにこしながらテーブルに小ぶりなジョッキを二つ置いていく。

「アイリレイアはどっちがいい?」

「え、ええと、こっち」

そう言ってジョッキを引き寄せるアイリレイアに、強人は残ったほうを手に取る。

「アイリレイアは、リンゴが好き?」

「ええ。葡萄も嫌いじゃないけれど、リンゴのほうがスキ」

スキというときに、なぜか恥ずかしさが増して、アイリレイアは誤魔化《ごまか》すようにジョッキの中身をグイグイッと飲んだ。

「ぷはっ！　おいしいっ！」

驚いたように手のなかのジョッキを見おろす。おいしさの理由は、果実水がキンキンに冷えているからだろう。

ジョッキを包む手にまで、その冷たさを感じることに、アイリレイアは驚いた。

「冷たくて甘いね」

強人も、ごくごくと喉をならして半分ほど一気に飲んだ。

「ええ、本当だわ。こんなに冷たいなんてびっくり！　冷やす魔道具っていってたけれど、どんなものなのかしら？　これなら、あの値段も頷けるわ」

嬉しそうに頬を緩めて、ジョッキの果実水をチビチビ飲みながら言うアイリレイアに、強人は首を傾げる。

「冷蔵庫……なんてのはないよね。そっか、冷やすってのは簡単なことじゃないのか」

納得しかけて、ふと疑問が浮かぶ。

「アイリレイア、聞いてもいい？　こういうところの飲み物の値段って、普通はいくら？」

「ええと、そうねぇ……大体、銅貨三枚くらい、かしら」

強人の質問に、アイリレイアはそわっと目を逸らした。

明らかに先程果実水代として渡した代金は、通常よりも高かった。

「あのね、ええと、無駄遣いじゃないわよ。だって、色々知ることだって、勉強だし」

アイリレイアはそう言いながらも、ばつが悪そうに視線を逸らす。

「だって、ごーれむタンとじゃ、こうやって一緒になにか食べることとかできないから、たまには──っ、な、なし！　いまの、なしっ！　忘れてっ」

慌てて自分の発言を撤回するアイリレイアに、強人は眉尻をさげる。

「ゴーレム殿は、そんなことを気にしたりしな──わかったよ。アイリレイアが忘れてほしいなら、忘れる」

そう言ってから、強人は柔らかく微笑む。

「でも、俺はアイリレイアとご飯を食べるのがすきだから。これからも、こうやって一緒に、おいしいものを食べたりしたいんだけど。駄目、かな？」

少しだけ恥ずかしそうに、そう聞いてきた強人に、アイリレイアは躊躇《ためら》ったあと。

「駄目、じゃない」

小さな声でこたえていた。

アイリレイアが店の喧噪《けんそう》に紛《まぎ》れてしまうような声で言ったのにもかかわらず、強人の表情がぱっと明るくなる。

「ゴーレム殿より分が悪い自覚はあるけど、まるっきり可能性がないわけじゃないよね。ね？

アイリレ――」

「おや。誰かと思えば、ゴーレムの召喚士ではないか」

強人の言葉を遮った声に、顔をあげたアイリレイアは表情を固くする。

こんなところにまでこれ見よがしに魔法使いのマントを羽織っているエイルが、見下す目線でアイリレイア達のテーブルの横に立っていた。

「……エイル、さま」

「おやおや召喚士が目上の存在であらせられる魔法使い様に、ろくに挨拶もできないとは、本当に嘆かわしいですな、エイル様」

エイルの隣にいた商人の風体をした男が、アイリレイアを蔑《さげす》むような目で見て、エイルに媚《こ》びるように殊更《ことさら》綺麗な公用語で話しかける。

エイルはその男を窘《たしな》めるように、気安げに男の肩を軽く叩《たた》く。

「まぁそう言うな。これでも同じ魔法学校を卒業した、いわば私の後輩にあたる人間だ」

「お言葉ですがエイル様。魔法使いである貴殿とは、やはり、人としての器に、雲泥《うんでい》の差があるようですな」

難しい顔を作って意見する男に、エイルは満更《まんざら》でもない顔をする。

「でもまぁ、エイル様がそう仰《おっしゃ》るのでしたら。私どもは従いますがね」

不承不承といった様子で、男が肩を竦《すく》めた。

アイリレイアは、この男がエイルを増長させている腰巾着《こしぎんちゃく》だと理解して警戒する。

強人に視線を移せば、彼も不快そうにエイルと男を見ていたが、アイリレイアの視線に気づくと安心させるように目元を和《やわ》らげた。

アイリレイアはそんな強人の優しさに励まされ、エイル達に負けないように心のなかで気合いを入れる。

「相席させていただくよ。ああ、君、冷えたエールを二つだ」

アイリレイアが断る隙《すき》なくテーブルについたエイルは、とおりかかった給仕の女性にさっさと注文する。どうやら、この店に通い慣れているようだ。

仕方なくジョッキを持ってアイリレイアの横にずれた強人の席に、連れの男が礼も言わずに当然のように座る。

「ゴーレムはいないのか。賢明だな、あれは召喚獣だ、距離を置いて接さねばならぬ」

エイルはしたり顔でそう言いながら内ポケットから出したケースから葉巻を取り出し、気取った仕草で端を切ると、魔道具の種火から火を移してゆっくりと吸い込んだ。

アイリレイアは独特な甘い香りに顔を顰《しか》め、煙から逃げるように身を引いた。

その態度に、まるでアイリレイアを子供扱いするように鼻で笑ったエイルは、もう一口葉巻を吸うと、アイリレイアのほうに煙がいくように吐き出した。

「けほっ……それで、なんの御用ですか」

煙を吸って露骨に顔を顰めたアイリレイアを見て楽しんだエイルは、小馬鹿にするような顔で眉を上下させる。

「私が君にある用事といえば、ひとつしかないだろう」

「ごーれむタンのことですか」

先日村で会ったときもエイルがゴーレムに執着していたことを思い出して、苦くそう返し、アイリレイアはジョッキの果実水を一口飲んだ。あの日ゴーレムから気絶するほどのプレッシャーをかけられたのに、まだ懲《こ》りていないのかと呆《あき》れを覚える。

「お待たせしましたー。冷え冷えのエールふたつでーす」

給仕の女性の持ってきたエールに、エイルは大銀貨を支払い、つりはいらんと給仕の女性を手で追い払うと、冷えたエールをぐびりと飲んだ。

「あれを手放せば、君は危険な場に出る必要もなくなる。わかっているのだろう？　あれのせいで、君は不幸なのだと」

そう言い切ったエイルを、アイリレイアはキツい目で睨むが、彼の口は止まらない。

「そもそも、本来召喚士というのは、裏方仕事なのだ。君のように出しゃばって、表で暴れるのが仕事ではない。そういう華々しいところは、我々のような魔法使いが担うべきなのだ」

連れの男はウンウンと大げさに頷き、ちびりちびりとエールを飲む。

「召喚士だから、召喚した魔獣を使役しなければならないというのは、視野が狭い。召喚士だからこそ、召喚を主軸にするならば、召喚したものについては、我々魔法使いに任せるべきではないのか。ゴーレムもしかり、強力な魔獣にしてもしかり。契約さえ成せば使役できてしまうのだからな」

葉巻を吸うために言葉を止めたエイルに、アイリレイアはここぞとばかりに口を開く。

「あなたは、召喚の魔法を成功させたことがないのでしょう？　召喚した魔獣をなんだと思ってるんですか。けっして力尽《ず》くで従わせているわけじゃないんですよ」

低い声で、言い聞かせるようにゆっくりと言ったアイリレイアに、エイルは馬鹿にしたような笑みを浮かべる。

「考えの甘い、小娘の戯《ざ》れ言《ごと》だな。お前もわかっているのだろう？　絆《きずな》は切れるものだと、ほかと結び直すことが可能なものなのだとな。だから、召喚主以外との契約が成されるのだ」

エイルの言葉に、アイリレイアはぐっと黙り込む。

確かに、召喚士が召喚したものを魔法使いが契約する事例は多々ある。召喚獣の意思など最初からないものとして、だまし討ちのように、召喚した魔獣と魔法使いを契約させる方法が。

真っ当な召喚士からは忌避《きひ》される行為ではあるが、それがまかり通っているのも周知の事実だった。

「ゴーレムは、君にとって荷が重い相手だろう。どうだ、もうそろそろ、その荷をおろしてもいい頃合いではないか？」

荷が重い。

考えたこともなかった、考える暇《ひま》もなく走り続けてきたアイリレイアに、その言葉は深く刺さった。

その顔を見て、付け入る隙を見つけたエイルは、もう一押しとばかりに口を開いた。

「考えてみるといい、君にとってなにが最良——」

ダンッ！　音を立ててジョッキを置いた強人は、端整な顔から表情を消してエイルを睨《ね》めつけた。

「ゴーレム殿は、荷ではない。共に歩く、仲間だ」

強人は低い声で力強くそう言い切り、アイリレイアの手を掴んで立ち上がった。

「彼女の調子がよくないようなので、お先に失礼させていただきます」

強人は丁寧《ていねい》な物腰でそう言い捨てると、エイルの返事も聞かずに、アイリレイアを伴って店を出た。

「まったく、なんなんだあいつ！　いい年した大人のくせに、自分勝手にもほどがある。いやいい年だから、勝手なのか——」

しばらく足早で歩いて、十分に店から遠ざかってから歩調を緩めエイルへの憤りに語気を荒くする強人の腕に、アイリレイアは縋《すが》るように体を寄せた。

「アイリレイア？」

彼女の突然の行動に戸惑って足を止めた強人は、少し躊躇ってからあいているほうの腕で彼女の細い肩を抱いた。

「……重荷だなんて、思ったことないのよ。本当に、本当なの。なのに、すぐに否定できなかった……っ」

強人の腕に額をつけて、顔を隠すように俯《うつむ》くアイリレイアは、震える溜め息を零した。

「ゴートがいてくれてよかった。ありがとう、あそこから連れ出してくれて」

涙の浮いた目で見上げて懸命に微笑むアイリレイアを、強人は胸に抱き込んで、その背を優しく撫でた。

「大丈夫、大丈夫だよ」

大人しくされるがままのアイリレイアの髪に頬を寄せた強人は、ゆっくりとあやすように彼女の肩を叩いて、顔をあげた彼女にいたずらっ子めいた笑みで片頬をあげた。

「心配性の保護者が待ちくたびれてるから、課外授業はこれくらいにして、もう帰ろっか」

明るい声でそう言った強人に、アイリレイアは小さく笑って頷いた。

「そうね、首を長くして待ってるわね」

「首、無いけどね」

強人の言葉に笑ったアイリレイアは、同じように笑う強人に手を引かれるようにして、ゴーレムの待つ宿へと急いだ。

＊　＊　＊

「おまたせっ！」

翌朝、アイリレイアが着替える間、部屋の外でゴーレムと並んで待機していた強人は、着替えを終えて元気に出てきた彼女に怪訝《けげん》な顔を向けた。

「随分と……活動的な格好だね」

アイリレイアは仕事着である軍服を着て、編み上げのブーツを履《は》き、荷物を背負っていた。

「え？　だって、仕事にいくんだから、動きやすい格好じゃなきゃ」

昨日のことなどなかったかのように、すっかり元気になってやる気満々の顔でこたえるアイリレイアに、強人の眉がつりあがる。

「アイリレイアは、現場にはいかないんだよね？　町で待ってるんだよね？」

念を押すように言う強人に、アイリレイアはにっこりと笑う。

「やあねぇ。だって、私は召喚士よ？　ごーれむタンだけお仕事させて、町で呑気《のんき》に待ってるなんて、そんなわけにはいかないじゃない。ごーれむタンのいくところには、私もいくわよ」

アイリレイアの表情はキリリと引き締まり、やる気満々だ。

昨日のエイルの言葉に動揺したけれど、だからこそ、アイリレイアはゴーレムの重荷にならぬよう、そしてなによりもゴーレムのよき相棒であろうと心に決めた。

だが、強人も負けじと、彼女の前に立ちふさがる。

「ゴーレム殿がいれば、十分なんじゃないの？　アイリレイアが危険な場所に出向く必要はないはずだよね？」

「ごーれむタンだけ危険な場所にいて、私だけ安全な場所で、のうのうとしてるわけにはいかないもの！　これは召喚士である私の仕事なんだから」

「ゴーレム殿！　ゴーレム殿はそれでいいのか！」

らちが明かないと、成り行きを見守っているゴーレムを振り返った強人に、ゴーレムは目を一文字《いちもんじ》にして沈黙する。

「どういう意味だよ、それ」

強人が怒ったように声を荒げるが、ゴーレムは無言を貫いた。

使役されている身では契約者からの命令は絶対である。ゴーレムだって、何度もアイリレイアを説得していた。

そして、その度《たび》にアイリレイアは厳しい顔で拒絶し、最後には泣きそうな顔でゴーレムに命令するのだ——仕事で行動を共にするのを拒まないでと。

「ほら、ごーれむタンだって、納得してくれているでしょ？　さぁ、いくわよ」

先に立って歩き出すアイリレイアのうしろを、少し遅れてゴーレムがついていく。

「諦《あきら》めるでしゅ」

すれ違いざまゴーレムが呟《つぶや》いた言葉に、強人は頭をがしがしとかきむしると、荷物を掴んで二人を追いかけた。

「ここが公的機関が集まっている庁舎よ。兵士の鍛錬所や、会議室とか……色んな施設が入っているわ」

アイリレイアもよく把握していないのだろう、曖昧《あいまい》に言葉を濁して、その建物のなかに入っていく。

兵士の鍛錬所が併設されているためか、石作りの建物は頑強で、ゴーレムが歩けば石同士がぶつかるガツガツと乾いた音がした。

魔法省のプレートの出ている扉の前に立つと、アイリレイアは樫《かし》の木でできたそのドアをノックした。

アイリレイアの所属する召喚局は魔法省に属していて、魔法省内にはほかに魔法局、魔道具局があり、合計三つの局から成り立っている。各局の長が局長であり、さらにその上にはすべての局をまとめる総轄《そうかつ》と呼ばれる存在がいる。

そしてここは各領に置かれている魔法省の支部であり、アイリレイアは仕事を受ける手続きをするためにまずは支部長のところへ顔を出した。

「召喚士アイリレイア＝セルベントです。トールセン支部長はいらっしゃいますか」

「どうぞー、開けて大丈夫ですよー」

　アイリレイアが名乗ると、室内から入室を許可する女性の声が返される。

「……開けちゃ駄目なときがあるのか？」

「勿論でしゅ、魔法が暴走してたり、召喚獣が飛び回ったりしてるときは、駄目でしゅ」

　半笑いで小声で聞いた強人に、ゴーレムは同じように小声で真面目な調子でこたえ。強人が驚いてゴーレムを見下ろす。

「えっ？　本当にか？」

「うそでしゅ」

　聞き返す強人に、正面を向いたまま真面目な調子でゴーレムが返すと、強人がジト目でゴーレムを睨み、ゴーレムも目を一文字にして強人を見上げた。

「二人とも、遊んでないでいくわよ」

　仲がいい二人の掛け合いを背中で聞いて、アイリレイアは笑いを堪《こら》えながら、リボン結びのロープのレリーフが彫られたドアを開けた。

　真ん中に通路のスペースが取られ、魔法部、召喚部、魔道具部の職員が、五席ずつ合計六つの机の固まりをつくり、一番奥には一際立派な支部長席がある。

　三十ある席の半分ほどは空席になっているが、あいている席の魔法使いは、先日のエイルのように村を回って魔獣除けの点検をしているのであろうし、召喚士も外での仕事に出ているのだろうと見当をつける。

「久しぶりね、アイリレイアさん！　ああ、元気そうでよかった！」

ドア越しに声をかけてくれた召喚士の女性が、小走りでアイリレイアに駆け寄ってきた。

ふくふくと丸い小柄な彼女は、アイリレイアに抱きつくと、すっかり健康になった様子に目を細めて喜んだ。

「はい、休んだお陰で、すっかり」

「うんうん。ゴーレム君も相変わらず、かわ……んんっ、いえ、なんでもないわ。あら、こちらのお兄さんは？」

可愛いと言いかけて、ゴーレムの威圧を感じ取って口を閉ざした女性は、ゴーレムの隣に立つ強人に視線をやった。

「バーバラ、早く支部長のところに案内するでしゅ」

「こ、こらっ、ごーれむタンっ」

「バーバラは話が長いでしゅ、夜になってしまうでしゅよ」

ゴーレムの憮然とした声にアイリレイアは慌てたが、言われたバーバラは楽しそうに笑って頷いた。

「あははっ。ゴーレム君の言うとおりだわ、明日の朝までお喋《しゃべ》りしちゃいそうだから、トールセンの支部長のところに案内するわね」

アイリレイアは小柄なバーバラに続いて、一番上座にある支部長の席へ向かった。

このアレス地方の支部をまとめるトールセン支部長は、貴族出身の魔法使いだが。この地方の魔法使い、召喚士、魔道具士を束ねるだけあって、エイルのように召喚士を見下したりはしない。

彼は白髪の交じる長い髪をすっきりとうしろに撫でつけ、皺《しわ》がきっちりと伸ばされた制服を隙なく着ているが、その表情はいつも温厚で、アイリレイアが緊張せずに会うことのできる、貴族出身の魔法使いだった。

「バーバラさんありがとう。アイリレイアさん、よく来てくださいました。お二人も、どうぞこちらへ」

彼は席を立つと書類を手にして、そのまま隣にある応接室へとアイリレイア達を促《うなが》した。

強人は室内に入ったときから、なかにいる人間たちから注意を注がれているのをひしひしと感じていた。単に部外者が入って来たことに対する好奇心なのか、それとも警戒しているのかわからないが、強人は拒否されることもなくアイリレイアと共に応接室に通され、内心ホッとしていた。

ソファに座ったアイリレイアのうしろに立てば。黒で揃《そろ》えられた服のおかげで、彼女の護衛だと言っても受け入れられる雰囲気を醸《かも》し出す。

ゴーレムはソファのうしろに立つと見えなくなってしまうので、ソファの横に立った。

「お元気そうでよかったです、アイリレイアさん。休暇中に申し訳ありません」

本当に申し訳なさそうにするトールセンに、アイリレイアは慌てる。

「もうすっかり元気になりましたから！　どうぞ、気にしないでください」

ニッコリ笑って元気をアピールするアイリレイアに、トールセンも頬を緩めた。

「こう言ってはなんですが、以前こちらに来ていただいたときは、とても疲れていらっしゃって。いつ倒れるかと、ハラハラしておりました。今日は顔色もよくて、安心しましたよ」

笑顔でそう言うトールセンに、そういえば前回ここで依頼を受けたのは、倒れる間際だったなと思い出す。

「あのとき、本当は休んでいただきたかったのですが……」

「いえ、仕事がみっちり入っていましたので、そうもいかなかったですから。でも、気にかけていただいて、嬉しいです。ありがとうございます」

笑顔で礼をいうアイリレイアに、トールセンはいえいえと苦い顔で首を振る。

「私のほうから、召喚局長へ陳情すればよかったと後悔しております。局長からの命令だったとはいえ、あなたへの依存度は高すぎた。ああ、でも安心してください。これは内密のはなしですがね、召喚局長がうえから酷《ひど》く叱責《しっせき》されたようですから、もうあんな無茶な命令は出されないでしょう」

ウィンク付きで声を落として言ったトールセンの言葉に、アイリレイアは目を丸くした。

「ペイドン召喚局長のうえの方っていうと……、あの、魔法省を総轄されていらっしゃるのって確か……」

「ええ、国王陛下ですね。滅多に口を出さない御方ですが、それ故に、今回の叱責はかなり効いたようです。こちらが今回の承諾書になりますので、よく読んでから署名してください」

そう言ってトールセンは、書類の一枚をアイリレイアへ渡す。いつも仕事の前に署名する、仕事依頼の承諾書だった。

危険な仕事なので、毎回こうして『自分が死んだ場合、一切の責任は自分にあります』という意味合いの書類にサインする。

「ところで、うしろの方を紹介していただいてもよろしいですか？」

トールセンの視線が自分に向いたことで、強人は静かに頭をさげた。

「アイリレイアの護衛を務める、強人と申します。お見知りおきください」

かしこまった態度で護衛を名乗った強人に、トールセンは疑問を抱かなかったようだった。

「ゴートさんですね、承知しました。軍部と共同作戦になりますので、軍からも護衛はつきますから、協力してアイリレイアさんを守ってくださいね」

個人で護衛を雇っても気にしないのか、という強人の疑問が顔に出たらしく、トールセンは安心させるように笑みを作った。

「ゴーレムが容認しているのですから、問題はないでしょう。いままでも、アイリレイアさんに護衛を、というはなしは何度もあったのですが……ことごとく邪魔されていましてね」

「ろくな人間を寄越さないのが悪いでしゅ」

困ったような顔をするトールセンに、ゴーレムは目を一文字にして憮然と返事をした。

「アイリレイアさんのことになると、ゴーレムの審査はとても厳しいですから、それを乗り越えたあなたを、こちらが拒否することはありませんよ。ああ、ですが、魔法省には、あなたの存在は報告させていただきますね。そうすれば、今後面倒が減りますから」

「よろしくお願いします」

トールセンの配慮に、素直に礼をした強人に、トールセンは嬉しそうに目を細め、アイリレイアを見る。

「いい人が護衛になってくれて、よかったですね」

「はい」

アイリレイアは大きく頷くと、先程渡された書類に、さらさらっと署名して、そのままトールセンに渡そうとしたのに、その手をトールセンに止められた。

笑顔なのに目が笑っていないトールセンに、アイリレイアはハッとする。

「ちゃんと読んでから、署名してくださいね」

「はい……」

ほかの地域の支部長ならば、適当にサインを書くだけで受け取ってもらえる書類だが、実直な彼はそれを許してくれない。せめてさらっと読むフリくらいはしておけばよかったと、書類に目をやるアイリレイアだったが、結局、ざっくりと斜め読みしているのがバレて、書類を音読させられた。

「いつも言っているでしょう？　もし不利な内容に書き換えられていたらどうするんですか。自分の身を守るのは自分なんですからね」

アイリレイアから書類を受け取ったトールセンは、それを革製の立派な用箋挟《ようせんばさ》みに挟むと、表面に書かれている魔法陣に魔力を通した。もう一度開いたそこには、挟んだはずの書類は消えていた。

「契約書を本部へ転送いたしました。では、今回任務を共にする部隊と合流しましょう」

トールセンは先に立つと、アイリレイア達を連れて中庭に面する部屋へ向かった。

軍部のドアの表には剣と盾の立派なレリーフが彫られているのだが。ドアの下をコルクで止めて万年開けっ放しにしているので、その意匠《いしょう》を見たことのある者はごく僅《わず》かだった。

「失礼します。魔法省ですが、アイリレイア殿をお連れしました」

トールセンが入り口で声をかけると、奥からアイリレイアと同じ軍服姿の青年が、駆け足でやってきた。

魔法省の部屋よりもひとまわり小さな部屋の十席ある机はすべて埋まっているが、ここにいるのは、後方支援を担当する者達ばかりなので、さほどむさ苦しくはない。

「トールセン支部長、お待ちしておりました。皆様、こちらへどうぞ」

トールセンを先頭に、隣にある会議室に案内された。

真ん中に広いテーブルが設置され、そこに精巧な地図が広げられている。

そしてそれを取り囲むのは、屈強な肉体をした兵士達だった。皆一様に髪を短くし、アイリレイアや案内してきた兵士が着ているものよりも、暗い色合いの軍服を着用している。実に密度の濃い室内だった。

開けられたドアに、室内にいた兵士達の視線が一斉に集まる。

気圧《けお》されたアイリレイアだったが、前に何度も一緒に行動した部隊の面々の顔を見つけてホッとし、それとは別に、彼等《ら》より一回り屈強な兵士達も見つけて、ちょっと怯《ひる》んだ。

彼等の制服はアイリレイア達の着ている一般兵の軍服とは違い、左肩に翼を広げた鷹《たか》の刺繍《ししゅう》が入っている。

「魔法省のみなさんをお連れしました」

案内の兵士はそれだけ言うと、ドアを閉めて出ていってしまう。

「ああ、久しぶりだな、嬢ちゃん」

「アイリレイアですってば」

濃い茶色の髪に白いものが目立ちはじめた、厳《いか》つい顔の部隊長が笑顔でアイリレイアに声をかけると、アイリレイアは嬉しそうに言葉を返す。

「倒れたって聞いてたが、もう大丈夫なのか？」

「無茶な仕事のしかたをしていたもんなぁ」

集まっていた班長以上の兵士達が、厳つい顔を和《なご》ませて声をかける。こんなにも心配されていたのかと、アイリレイアは湧き上がる嬉しさに頬を緩ませた。

「そちらが、召喚士とゴーレムか」

少し離れて立っていた屈強な兵士達のなかでも、小柄だが一際存在感のある兵士が不機嫌そうな低い声を発すると、軽口を叩いた兵士達はばつが悪そうに口を噤《つぐ》んだ。

濃い茶色の髪のサイドをうしろに撫でつけ、くっきりとした睫《まつげ》に縁取られた濃い青の目は切れ長で鋭く、強面《こわもて》の顔のなかでも一番目を引くのが端が上向いた太い眉だった。

アイリレイアは周囲の雰囲気で、彼が地位のある人間だということは把握できた。そして、そのキツイ視線と野太い声が威圧感に溢《あふ》れていて、余計に警戒してしまう。

「お久しぶりでございます、ハルク殿。彼等は今回の作戦に参加する、召喚士のアイリレイアとゴーレム、そして彼女の護衛のゴートです」

アイリレイアの警戒に気づいたのか、トールセンがハルクの気を引くように明るい声で紹介すると、ハルクの青い目が眇《すが》められた。

「最強のゴーレムと召喚士は休養中だと聞いていたが、どういうことだ」

「この度の作戦は、一気呵成《いっきかせい》にことを進める必要があると、上の者が判断したようで。つい昨日、私のところへ、彼女を今回の作戦に参加させる旨の書類が回って参りましたので、詳細を確認することはできておりません」

トールセンがハルクに淡々とこたえるのを聞きながら、アイリレイアはハテ？　と首を傾げる。数日前には、アイリレイアのもとに指令書が届いていたのに、管轄する支部長への連絡がそれよりも遅いというのは、ありえるのだろうか。

「上の者、か。承知した、そちらはあとで確認しておこう。それで、アイリレイアだったか、大丈夫なのか？」

「え？」

突然はなしかけられて驚いたアイリレイアに、ハルクは厳《いか》めしい眉を寄せる。

「だから、体は大丈夫なのか。倒れたから休養していたのだろう。不調の人間を連れて、作戦を遂行し、万が一のことがないとも限らんからな」

「お陰様で、ゆっくり休んだので体調は万全です」

足手まといになることを危惧しているらしいハルクの言葉に、アイリレイアはきっぱりと言葉を返すと、アイリレイアを庇《かば》うように、ゴーレムがズイッと一歩前に出る。

「ひとちゅ訂正でしゅ。御主人ちゃまは休養ではなく、休暇中でしゅ。いままで、休みがなかった分を、まとめて休んでいるだけでしゅ」

ゴーレムが補足すると、ハルクはなんともいえない顔でゴーレムを見おろした。

「噂には聞いていたが、喋るんだな」

「喋りましゅよ」

睨み合う二人の緊張感を割ったのは、パンパンッと部隊長の打ち鳴らした手の音だった。

「はいはい、作戦会議をはじめるから集合」

緊張が途切れた室内にホッとしながら、アイリレイアは部隊長のそばに寄っていく。ハルクの近くは怖いので、できるだけ離れるとそうなってしまった。

強人もアイリレイアの心情を察したのか、ハルクから隠すような立ち位置で、アイリレイアの横に並ぶ。

部隊長は全員が地図の周りに集まるのを待ってから、口を開く。

「彼等はハルク隊長の指揮する部隊で、今回の任務に特別に参加してくれることになった。少数だが精鋭の部隊だから、学ぶところも多いはずだ。折角の機会だ、しっかり学んでくれ」

「はいっ」

部隊長の紹介に、兵士達は背筋を伸ばして返事をする。

「こちらこそ、作戦への急な参加を認めていただき、感謝する」

隊長であるハルクが右手で左胸に手をあてて敬礼をすれば、一拍置いてうしろに並ぶ兵士達も一糸乱れぬ動きで敬礼をする。精鋭部隊という名が、伊達《だて》ではないことが窺《うかが》い知れた。

部隊長は面映《おもは》ゆそうに礼をしてから、机に手をついて周囲を見まわした。

「では、今回の作戦について説明する――」

地図にはこの付近の地形が写し取られていた。

現在いる町から見て北から東にかけて山々が連なり、南側は平野になっている。山からは幾筋か大きな川が、裾野へと広がるようにして流れ平野に至っている典型的な扇状地である。

扇状地のうえの部分である扇頂部は勾配《こうばい》は大きいが、峠越えの要所となるアンガ・アレスという町があり。そこからしたの扇央部は傾斜地であるために畑作には不向きで、あまり人が住んでいない、そして扇の先である扇端部にはこのトリス・アレスの町がある。

「今回はこのトリス・アレスの町と、アンガ・アレスの町を結ぶ街道に出没する、盗賊のアジトを潰す。盗賊は約三十数名、統率力があり、なかなか尻尾《しっぽ》を掴ませない嫌な奴らだ」

人数もさることながら、統率力があるということが今回の任務を難しくしている要因で、それを理由に近くで休暇を取っていたゴーレムが呼び寄せられていた。

「兵士や騎士から堕《お》ちた人間が、混ざっている可能性は？」

「それなんだが、所持品などから推測はできなかったので、現時点では不明だ。だが、その可能性は否定できない」

ハルクの質問に、部隊長が神妙な顔でこたえる。

「そうか。では、なるべく生かして捕らえるべきか」

「ああ、面倒だが仕方あるまい。ゴーレム、そういうわけで、ほどほどにな」

部隊長に見おろされて、ゴーレムは目を一文字にする。

「ほどほどは、苦手でしゅ」

「……おい、大丈夫なのか？」

「返事をしたからな。取りあえず、殺さんように手加減はしてくれるだろう」

ゴーレムの返事に不安を覚えたらしいハルクに、部隊長は気にするなと肩を竦め、手に持っていた赤い小石を地図上に乗せた。

「それでだ、先日突き止めた盗賊のアジトがここだ」

地図上、扇状地の中程を指す。街道から少し外れたそこには、村の表記があった。

「数年前の洪水《こうずい》で、廃村になった村なんだが、奴らがここを拠点にしているのを掴んでいる」

その村は、アイリレイア達が暮らしている村とは違って、近くにほかの村もなく、不自然に孤立していた。

「もともと、脛《すね》に傷のある者達が集まってできた村だったらしくてな。どうやら、武器も少なからず残されていたみたいだ。それに目を付けたならず者達がここに集まって盗賊団を作ったのだろうな、その勢力はいまも増している状況だ。これ以上大きくなれば、もっと犠牲も出るだろう――」

詳細な説明と打ち合わせのあと、部隊長は部下に地図を片付けるよう指示してアイリレイア達のほうを向いた。

「嬢ちゃんの護衛は、いつもどおり三名だが、いいか？」

部隊長の言葉にハルクが手をあげる。

「うちからもひとり護衛にいれてくれ」

「……いいか？」

ハルクの願いを聞いた部隊長が、ゴーレムに確認するように顔を向けた。ゴーレムは無言で

ハルクを見上げ、丸い目でなにか考えているようだったが、不承不承といった様子で頷いた。

その嫌そうな様子に、ハルクの目が鋭く眇められ、部隊長を見る。

「なぜ、ゴーレムに確認を取るんだ。普通は召喚士に、ではないのか？」

憮然とした顔で疑問を口にしたハルクに、部隊長以下このアレス地方常駐の兵士達は顔を見合わせ、アイリレイアが慌てて声をあげる。

「ええと、四名で承知しました。よろしくお願いしますっ」

ぺこりと頭をさげたアイリレイアが、ちらりとハルクを上目遣いで見上げれば、不機嫌そうな青い目とぶつかり、慌てて視線を逸らす。

なぜかわからないが嫌われてるような気がして、アイリレイアはなるべく彼の視界に入らないように気をつけようと心に決めた。

なるべくハルクから離れて、目に付かないようにしようと思っていたアイリレイアだったのだが。兵士達のうしろから山を登るアイリレイアの近くには、なぜかぴったりとハルクがついてきていた。

＊＊＊

雑木林の間を、ぞろぞろと無言で行軍する。

勿論アイリレイアの前後は強人とゴーレムに挟まれているが、そのうしろ。最後尾にハルクと、アイリレイアの護衛についているほかの三人の兵士が登る。

ということは、誰がとは明言していなかった四人目の護衛はまさか……。アイリレイアは嫌な予感を振り払うように、一生懸命足を動かした。

アジトに近づきすぎると盗賊の警戒網に引っかかるとのことで、アジトから離れた場所から周囲を囲うように展開して、一気に盗賊のアジトにたたみかけるために、要所要所で小隊ごとに分かれて、それぞれ予定していた場所に待機する。

アイリレイア達も予定の場所に辿《たど》り着くと、その場に待機した。

「御主人ちゃま、大丈夫でしゅか？」

「大丈夫よー。ごーれむタンが可愛いから、癒やされるー」

少しだけ離れた場所で、三人だけになったところでアイリレイアは心配そうに見上げてくるゴーレムに抱きつき頬ずりした。しかし、いつもよりも手短に切り上げて体を離すと、真剣な表情でゴーレムの顔を見つめる。

「ごーれむタン、くれぐれも怪我はしないでね？」

「勿論でしゅ」

胸を張るゴーレムのうしろで、強人が「ゴーレム殿が怪我？」と首を傾げている。そんなことは気にも留めず、アイリレイアはもう一度ゴーレムを抱きしめる。

「いくらでも、大きくなっていいからね。こっちの心配はしないで、魔力を使ってね」

「大丈夫でしゅよ、心配性の御主人ちゃま。怪我などせじゅに、御主人ちゃまの御許《みもと》に戻ることを、誓いましゅ」

アイリレイアの腕を解かれたゴーレムはうやうやしく彼女の前に跪《ひざまず》くと、キリッと宣言した。その凛々《りり》しい姿に、アイリレイアはうんうん、と何度も頷く。

ゴーレムは安心したらしいアイリレイアから、強人へ視線を移すと、自分の背中に手を回し──次に、前に差し出したその手には、大小二振りの刀があった。

一振りは鞘《さや》のうえに革を巻き黒漆《くろうるし》を塗り込めた漆黒の鞘に納まった大太刀《おおだち》。もう一本も同じような漆黒のあつらえの鞘に鍔《つば》のない、肘《ひじ》から指先くらいの長さの短刀だった。

「そ……れは」

驚きに目を見開く強人に、ゴーレムはその二振りの刀を差し出す。

「ゴートが落ちてた場所にありましゅた。受け取るでしゅ」

ゴーレムに言われて、震える手でゴーレムの手から刀を取りあげた。

手に馴染むその感触に、こみ上げてきたものをぐっと奥歯を噛みしめて耐えると、ジノージからもらったサーベルを外し、腰の帯に二本の刀を差した。

「ゴーレム殿、感謝する」

深く礼をする強人に、ゴーレムは強人から代わりに受け取ったサーベルを持った手を、背中に回してまた前に持ってきたときにはサーベルはその手のなかから消えていた。

「御主人ちゃまを、かならじゅ護《まも》るでしゅ」

ゴーレムのいつになく厳しい声に、強人は引き締めた表情で頷いた。

「勿論だ。なにに代えても、守る」

そんな強人とゴーレムの様子を見守っていたアイリレイアは、男同士っていいわねぇと、羨ましそうに目を細める。

「では、いってまいりましゅ」

アイリレイアは護衛の兵と強人、そして案の定居残ったハルクに守られながら、兵士達と共にアジトへ向けて歩き出すゴーレムを、両手を胸の前に組んで祈るように見送る。

何度も、何度もこうして見送ってきた。その度に、約束を違《たが》えることなく、アイリレイアのもとに戻ってきたゴーレム。

胸のざわめきを押し殺して、今回も絶対に大丈夫だとアイリレイアは自分に言い聞かせる。

「もうそろそろ、か」

ハルクが低い声で呟き、盗賊のアジトのある廃村のほうへ視線を向けた。

その声にハッとして、アイリレイアは大きめの木を背にして、強人に手伝ってもらって持ってきていたブランケットを敷くとそこに座った。

顔見知りの三人の兵士達は、何度か一緒に仕事をしたことがあるため、座ったアイリレイアを背にして三方向に分かれて配置につく。

「はじまるわ」

アイリレイアの呟きの一呼吸後、アジトの付近から巨大なゴーレムが顔を出した。この場所まで怒声が聞こえてくる。

戦いが、はじまった。

強人は腰の刀に手をかけて、いつでも抜けるようにしながら、周囲の気配に意識を向けた。

「アイリレイア嬢。大丈夫か?」

「……ハルク隊長」

作戦がはじまった安堵感からなのか、近くにいたハルクが周囲に視線を向け注意を怠《おこた》らぬまま小さく声をかけてきた。アイリレイアは妙に存在感のある彼に竦みそうになるのを、一緒に仕事をする人なのだから失礼はいけないと思い直し、なんでもない顔で返事をする。

「大丈夫ですよ、もうすっかり元気なんですから」

ニッコリ微笑んで小さな声で返事をするアイリレイアに、ハルクは首を横に振った。

「そうじゃない、魔力だ。ゴーレムのほうに、かなり持っていかれるんだろう？」

「え……」

魔法使いでもない彼が、なぜゴーレムに魔力を取られることを知っているのかと驚いたアイリレイアに、ハルクの視線が一瞬だけ注がれ、そしてすぐに周囲へと戻る。そのハルクの目がキツいものではなく、心配するような色合いだったから、アイリレイアは緊張しかけた体の力を抜いて微笑んだ。

「大丈夫、ですよ。こうして座って休ませてもらってますから」

「そうか、じゃぁ君はそこでゆっくりしていてくれたまえ。君の休息は、我々が守る」

ハルクの声の色が変わる。

「来る」

強人が低い声で短く注意を喚起《かんき》すると、その場の緊張が一気に高まった。

下草を踏む音と共に、顔半分を布で覆った男達が周囲を取り囲む。

「女よ、ゴーレムの召喚士だな？」

覆面《ふくめん》のひとりにくぐもった声で問われるが、アイリレイアはぐっと口を引き結んで沈黙を返す。ざっと見て、こちらの倍以上の人数に取り囲まれたのを確認して、アイリレイアは恐怖を覚えた。

取り囲んだ敵の狙いがアイリレイアであるのは、狙われている本人が一番わかった。痛いほどの殺気が四方から刺さる。

「貴様等はどこの者だ。着ているものは平民のものだが、剣の持ち方も、腹の据わり方も、盗賊なんかじゃないな。そうだな……まるで、よく訓練された兵士のようだ」

剣を抜いたハルクは、声をかけてきた覆面の男に問い返すが、当然のように返事はない。

その代わりに、敵の殺気が一段と高まる。

ひぇぇぇぇっ余計なことを言わないでよと、アイリレイアは胸のなかで絶叫する。なぜわざわざ敵を煽《あお》るようなことを言うのかと、ハルクに詰め寄りたかったが、生憎《あいにく》と腰を抜かしていたので、それはできなかった。

過去にはこの国でも、盗賊に身を落とす兵士が存在していたが。現王の治世になってからは規律が厳しいせいか、あるいは十分な給金を得ているからか、盗賊に転向する兵士はいなくなっていたはずなのに。

ハルクの推測に、アイリレイアに向いていた殺気の何割かが彼のほうへ向かい、少しだけ息が楽になったアイリレイアのすぐそばに、強人がやってくると腰に差した鞘を引き抜いて彼女へ差し出した。

「アイリレイア、鞘を持っていてくれるかな。落とさないように、しっかりとね」

アイリレイアを励ますように、微笑んで鞘を差し出す強人に、アイリレイアは彼に心配をかけまいと、引き攣《つ》る顔で小さく笑い返す。

「う、うん。わかったわ」

アイリレイアは差し出されたその漆黒の鞘を掴むと、座ったまましっかりと抱きしめた。そうすると不思議なことに、気絶しそうなほどの緊張が少しだけましになる。

「必ず守り抜くから、俺を信じて少しのあいだ目を瞑《つむ》っていてくれる？　俺、まだうまく加減ができないから……やりすぎちゃいそうなんだ」

「強人？」

立ち上がってアイリレイアに向けた強人の背中が、殺気で一回り大きく見え、アイリレイアはゴクリと生唾を飲み込むと、「わかった」と緊張した声でこたえ、縋るように鞘を抱きしめてぎゅっと両目を瞑った。

アイリレイアと強人のやり取りの間に、ハルクは周囲の覆面達をじろりと睨めつけ、さらに推測を口にする。

「さて、貴様等が兵士だとすると、心当たりはひとつしかないのだが。一体、誰の依頼で動いているのか？　なぁ？　マミレグアの傭兵《ようへい》達よ」

「黙りなさい」

ハルクの正面に立っていた覆面が、低い声で恫喝《どうかつ》し、構えていた剣をハルクに向けて一閃《いっせん》させる。その剣をハルクの持った長剣が軽々と止め、金属がぶつかる耳障りな音が響いた。

「ひぅ……っ」

アイリレイアはその鋭い音に思わず身を縮めて、一層きつく目を瞑る。

「ちっ、やりますね」

目を瞑っていたアイリレイアは、覆面男の綺麗な公用語に違和感を覚えた。記憶を捲《めく》れば、酒場でエイルと一緒にいた腰巾着も同じように綺麗な公用語を使っていたことを思い出す。

同一人物ではないにせよ、昨日の今日というのが、引っかかる。

呑気に考えごとをしていられたのもそこまでで、覆面達との戦いが本格化すると、そんなことを考えている余裕などなくなっていた。

鞘に縋って目を閉じたアイリレイアは、近くに、遠くに聞こえてくる剣と剣のぶつかる音、そして怒鳴り交わされる声に身を震わせる。

とうのむかしに腰は抜け、逃げ出すことなど到底無理だった。

ただ一心に、ゴーレムに声を送る。

助けて、とは絶対に言わない。

覆面をつけた男達に襲撃されていること、人数は二十人近くいそうなこと。強人に言われて目を瞑っているので、見ることはできないが、敵の人数は確実に減っているらしいこと。

できるだけ、冷静に。過不足のないように。

助けて、早く来てほしいと伝えたいのを我慢する。だけど……大丈夫だとは伝えられない。震える手で強く鞘を握りしめ、胸にぎゅっと抱き込む。

ギンギンッと、剣で剣を受ける音に、くぐもった断末魔の声。大丈夫、いまの声は強人じゃなかったと、瞑った目の縁に涙を浮かべ、耳を頼りに周囲の状況を推測する。

一方通行でしかゴーレムへ意思を送れないのが心細くて仕方がない。アイリレイアからゴーレムに流れている魔力が減らないから、まだ向こうも戦いの最中であることがわかるけれど、だからこそ余計にアイリレイアは焦燥感《しょうそうかん》に駆られていた。

「ゴート！　左だ！」

「おうっ！」

焦《あせ》ったようなハルクの声に、短く応じた強人。そしてくぐもった呻《うめ》きに、ドサッと倒れる音が続く。

「やるじゃないか。あと半分だ、全員気合いをいれろっ！」

「おうっ！」

強人と兵士達が、ハルクの声に鼓舞《こぶ》される。

アイリレイアはハルクの言葉で、たった四人で十人もの敵を倒してしまったのを知る。

大丈夫、まだゴートもハルクも、たぶん、ほかの人も生きていると、アイリレイアは剣が打ち合わされる音で判断してゴーレムに伝える。

なぜ強人が目を閉じていてほしがったのかアイリレイアはわからなかったが、音しか情報がないのは、とても怖くて。時間が長く感じる。

嫌な汗が額や首筋を流れ落ちるが、そんなことを気にしている余裕はなかった。凶刃《きょうじん》が自分のところにまで迫ってくるのを思うと、ただ、ただ恐ろしくて。

アイリレイアは気を紛らわせるように、遠くにいるゴーレムへと話しかける。

「――ねぇ、ごーれむタン。私があなたを召喚したときのこと、覚えてる？」

返事の返ることのない、一方通行のメッセージを、アイリレイアは小さな声で呟く。気を逸らしていなければ、いまにも気絶してしまいそうだった。

「魔法学校の試験であなたを喚《よ》び出したとき、私、落第を覚悟したのよ。だって、小さくて、可愛らしくて、強そうには見えなかったんだもの」

はじめて出会った日のことを思い出して、アイリレイアは顔を膝に伏せると、虚勢を張って笑みを作るように震える口の端をあげる。

「それから――そうよ、あなた、私に釘《くぎ》を持たせて、私の手のうえからあなたが手を握って、私の名前を自分の体に刻んで、無理矢理契約しちゃったのよね」

ゴーレムが自ら無理矢理契約するなんていう、とんでもない非常識を思い出して、アイリレイアは場違いなのに、くすくすと小さく笑う。

「あのときに、私の指が何本か折れちゃったから。あれから、あなた、私に触らなくなったの

視線が釘付けになる。

だが、多勢に無勢。多くの敵を相手にする強人の疲労の色は隠しきれず、彼は肩で息をするようになっていた。

アイリレイアが祈るように強人を見守る目の前で、強人に対して二人がかりで戦っていた敵にもうひとり加勢が加わる。

明らかにほかの敵とは違う動きのその相手に、強人はどんどんと形勢を不利にされていく。

「ごーれむタン助けてっ！　ゴートがっ！」

アイリレイアが咄嗟《とっさ》に助けを求めた声は、地響きと破壊音にかき消された。

酷い破壊音と異国の言葉の怒号で、周囲がさらに騒然としたなかで、アイリレイアは深く安堵していた。

彼が……ゴーレムが来てくれたならば、もう心配はないのだとわかるから。

破壊音が止むと、周囲は静寂に包まれた。

巨大な美しい巨像が、一直線にアイリレイアへと近づいてくる。

精悍《せいかん》で美しい彫像が跪き、右手を胸に左の拳を地につけてアイリレイアを見おろす。

いつもならすぐに伝えるあの言葉をゴーレムは言わず。

どうしたの？　という戸惑いの表情で見上げるアイリレイアに、ゴーレムは目を伏せて静かに宣言をした。

「傷を得ることなく御前に戻りました。アイリレイア様へ、勝利をお贈りいたします」

アイリレイアは目を合わせようとしないゴーレムに戸惑いながらも、いつものように笑顔を浮かべた。

「無事でよかっ……た」

緊張が途切れたアイリレイアは、ゆっくりとその場に倒れ伏した。

第四章　サプライズ？　大魔導師の贈りもの。

ベッドに丸まって眠っていたアイリレイアが、ぱちりと目を覚ましたとき、いつもどおり目の前にゴーレムの愛嬌《あいきょう》のある顔を見つけ、頬を緩めた。

「おはよ、ごーれむタン」

「おはようございましゅ、御主人ちゃま。とはいえ、もう朝ではない時間でしゅよ」

ゴーレムの言葉に目をぱちくりさせたアイリレイアは、なんだかイヤに重い体をゆっくりと起こすと、周囲を見まわして首を捻《ひね》った。

あの村の家でも、今朝までいた高級宿でもない、殺風景な部屋だった。

「ここは兵舎でしゅよ。宿は引き払って、こちらに移動しましゅた」

「アイリレイア！　目を覚ましたんだねっ」

桶《おけ》に水を汲《く》んで部屋に入ってきた強人《ゴウト》は、ベッド脇の机にそれを置いて、アイリレイアの額に手をあてると、ホッと安堵《あんど》の息を吐いた。

「よかった、熱もさがってる」

「ゴート、どうしたの？」

しっかり寝てすっきりしたアイリレイアは、強人の様子に首を傾《かし》げ、自分が軍服から着替えているのに気づく。

アイリレイアの視線に気づいた強人が、急いで弁解する。

「大丈夫だからねっ、服はあの人！　あのお喋《しゃべ》りな女の人が着替えさせてくれたんだ。アイリレイアは昨日あそこで気を失ったから、そのままここまで運んで。夜中熱が出てたんだけど、もう大丈夫みたいだねっ」

早口で言った強人に、アイリレイアは眉尻をさげる。

「いっぱい迷惑をかけちゃったのね……」

「め、迷惑なんかじゃないよっ。あんなとこ、見せちゃった俺も悪いし」

歯切れ悪く言った強人は、窺《うかが》うようにアイリレイアを上目遣いに見上げる。

「アイリレイア、俺のこと……怖くなった？」

「え？」

聞き返すアイリレイアから、強人は気まずそうに目を逸《そ》らす。

「だって、俺、あんなふうに、人、殺せるから……」

強人の告白に、アイリレイアはきょとんとする。

「ゴートは、私のことを守ってくれたのよ？　人を殺したんじゃなくて、私を守ったの」

当たり前のように言われた言葉に、強人は虚を突かれ。だけど、納得はしていない顔で唇を噛《か》んで俯《うつむ》いたが、思い詰めた顔をあげてアイリレイアを正面から見据える。

「アイリレイアは、こんな俺でも嫌いにならないでいてくれる?」

切羽詰《せっぱつ》まった強人の表情に、アイリレイアはニッコリと笑う。

「嫌いになる理由なんてないじゃない。守ってくれてありがとう、ゴート」

アイリレイアはベッドからおりて、立ち尽くす強人を抱きしめた。彼女の柔らかな腕に抱きしめられ、強人は彼女が恐れずに触れてくれることに気づいて、胸のなかにあった恐れが消えてゆくのを感じた。

「ゴート、いい加減に離れるでしゅ」

ゴーレムの苛《いら》ついた声に、ちらりと視線をそちらにやった強人は、見せびらかすようにアイリレイアを抱きしめ返した。

「ちょ、ゴ、ゴート?」

二人の攻防に気づいていないアイリレイアが慌てていると、部屋のドアが控《ひか》えめにノックされた。

「突然すまないな。昨日の襲撃者の身元が割れたから、その報告に来た」

部屋に唯一あったイスに座ったハルクが早速切り出した不穏な話題に、ベッドに座ったアイリレイアは表情を引き締める。

強人は壁に凭《もた》れて立ち、アイリレイアと強人の間にゴーレムが立っていた。

兵舎の部屋は、この人数がいるだけで少々手狭になってしまう。

「結論だけ言うと、襲撃者はマミレグア王国の傭兵《ようへい》で、目的はゴーレムの召喚士である君の排除だった」

「マミレグア王国……ですか？」

「あの国が、傭兵業に力をいれている、傭兵国家であることは知っているか？」

ハルクに問われて、アイリレイアは頷《うなず》いた。

「はい。国土が小さくて、作物を育てにくい険しい山間地であるうえに、もともとそういうのを生業《なりわい》にしていた人達が集まってできた国、でしたよね」

「模範解答だな。さすがは『一掬《いっきく》の学徒』だ」

含みのあるハルクの言葉に、アイリレイアは首を傾げる。

魔法学校に入学するときは貴族も平民もほぼ同数だが、卒業する多くが貴族であり、平民は僅《わず》かだった。――卒業するための単位を金で買うのは、常套《じょうとう》手段であり、貴族の大部分は殆《ほとん》ど単位を買収した者で、金持ちの平民も、どうしても取れない難関の単位は金で買う。そして、金はなくとも才能と努力と根性で卒業する者もごく少数いた。

事情を知る一部の人間は、そのごく少数の優秀な者達を、一掬の学徒と呼んでいた、ほんのひと掬《すく》いの優秀な学生だと。

「かの王国は、いまだに国家として傭兵業をおこなっている。今回の件についても、依頼された仕事だったようだ。彼等《ら》は依頼者の情報はけっして漏《も》らさないから、これ以上の情報は出てこないだろうがな」

無念そうなハルクに、強人が声をあげる。

「依頼者を漏らさないって……。それじゃ、アイリレイアを狙った人間はわからないってことですか？　今後も、狙われる可能性があるってことですよね」

強人の疑問に、ハルクは重々しく頷き。それを見て、アイリレイアはことの深刻さを理解して青くなる。

「そうなるだろうな。どういう契約をしているかはわからないが、彼等は仕事に責任と誇りを持っている。与えられた依頼は必ず遂行する。そうでなければ、組織の価値がさがるからな」

「厄介な連中でしゅね……」

ゴーレムが唸《うな》るように言って、部屋に沈黙が落ちる。

「それでだ。アイリレイア嬢、相手に心当たりはないか？　もしあれば教えてほしい。どんなことでもいい、恨みを買ったとか」

「恨みですか？　お仕事がらみなら、たくさんありそうですけれど……」

困惑しながらも、該当しそうな人物を考えていたアイリレイアだったが、ハッとあの綺麗《きれい》な公用語を思い出して肩を震わせた。

「そういえば、あの人達と同じように、癖のない綺麗な公用語で喋る人と、最近会ったことがあって」

おずおずと話し出したアイリレイアに、強人も思い出したのか声をあげた。

「俺も気になってた。食堂で、魔法使いと一緒にいた男だろ？　最後に何人か、あの場所から逃げたなかにいた男。切りつけたときに覆面《ふくめん》が外れて一瞬だけ顔が見えたんだが、あれは確かにあのときの男だった」

「エイル様と一緒にいた、あの人がいたの？」

喋り方どころではなく、襲撃してきたなかに、同一の男がいたことを見ていた強人に、アイリレイアは驚く。

ハルクは二人の言葉を聞いて、難しい顔をした。

「魔法使いのエイルという人物なんだな？　参考にさせてもらう。だが、仮に依頼者が割れたとしても、契約が生きている限り、まだ君の危険がなくなるわけではないんだ」

歯切れの悪いハルクの言葉に、アイリレイアは戸惑う。

「じゃ、じゃあどうしたら……」

泣きそうな様子で尋ねるアイリレイアに、ハルクはアイリレイアとゴーレムを見てから、ゆっくりと口を開いた。

「アイリレイア嬢とゴーレムのこの王国への貢献は、国王陛下もよく理解し感謝されている。

今回私がここへ来たのも、本来休暇中《きゅうか》の君に仕事が与えられた件で、不審なやり取りが見受けられ、それを調査するためだった」

「不審な、やり取り……」

アイリレイアは真っ先に、仕事の依頼書と共に入っていた多額の旅費を思い出し、あれが違法なことだったのではと、内心すくみあがったが、いやいやあれは正当な報酬だったはずだと思い直し、ぎゅっと膝《ひざ》のうえの手を握りしめる。

「ああ、召喚局の上層部……有《あ》り体《てい》にいえば、ペイドン召喚局長が、何者かから多額の賄賂《わいろ》を受け取り、休暇中の君に仕事を与えた様子が見受けられたんだ。魔法省の総轄直々《そうかつじきじき》に注意を受けていたにもかかわらずな」

魔法省の総轄とはいっているが、実質国王陛下からの言葉を無下《むげ》にしたペイドン召喚局長にハルクは怒りを覚えているのか語気が荒い。

「賄賂を、ですか。このはなしの流れだと、エイル様がペイドン召喚局長にお金を渡して、私に今回の仕事に就《つ》かせて、あの覆面の人達に襲わせたってことだとすれば、理由は……」

アイリレイアはゴーレムのほうをちらりと見てから、視線をハルクに戻した。

「理由は、ごーれむタンが欲しいから、ということならはなしが繋《つな》がりますけれど。まさか、そんなこと……」

アイリレイアが戸惑いながらそう言うと、ハルクが苦々しく口を開く。

「まだその魔法使いが犯人であるとは断定できないが、その可能性は高そうだな。——それでだ、君が生き延びるための選択肢《し》を考えよう」

ハルクは真摯《しんし》な表情で、アイリレイアの目を見て言った。

「どんな選択肢があるんでしゅか」

真《ま》っ直《す》ぐに聞いてきたゴーレムに、ハルクは指を一本立てた。

「まずは、王都常駐の軍に所属してしまうこと。そうすれば、宿舎もあるし、守りも固い」

だが反面、自由はなくなってしまうし、仕事も続けることになる。

「次に、まるっきり引退して、人の少ない田舎《いなか》の山奥で隠遁《いんとん》生活をする。退職にあたりある程度まとまった報酬は支払うので、最低限の生活は保障される」

第一案とは違い、自由だがどうしても守りが手薄になってしまう。

「だが正直にいえば、いくら隠れたとしても、ゴーレムがそばにいる限り、危険はなくならないだろう。だから最善なのは、ゴーレムとの契約を解除することだ。その上で、名も変えてしまえば一層安全だ」

ゴーレムを失うことにはなってしまうが、アイリレイアは安全になり、召喚士として普通の……危険のない仕事に就くこともできる。

だが最後の提案を、アイリレイアは即座に却下した。

「契約は解除しませんっ、絶対にっ」

唇を引き結び、睨《にら》むようにハルクを見るアイリレイアを、ハルクはじっと見つめ返した。

眉の逆立った険しい顔だが、アイリレイアは怯《ひる》むことなく、その青い目を見返す。

「最後の案が、一番安全で穏便な方法ではあったんだがな。君がそう望むならば、仕方ない。ほかの方法で対処しよう」

ハルクはふっと険しい顔を緩めると、アイリレイアを安心させるようにそう伝えた。

だが、安堵したアイリレイアとは逆に、沈黙したままのゴーレムの目がいつの間にか一文字《いちもんじ》になっていた。アイリレイアも強人も、そのことに気づかないまま、ハルクとはなしを進めていく。

エイルを証人として喚問《かんもん》し、彼が依頼主であることが判明した場合は、その契約を破棄させるように圧力をかける。もし依頼主が違う場合は、そのときに方向性を決めなおすこと。

「まずは、私の部隊に紛《まぎ》れて王都に向かう、ということでいいな？　向こうについたら、ゴートはそのまま部隊に紛れて訓練に参加してくれ。アイリレイアとゴーレムは私の執務室で匿《かく》まおう」

ハルクがそうまとめて、アイリレイア達は王都にいくことが決まった。

アイリレイアはこれからエイルのことを調査するというハルクを見送ると、振り返った部屋のどんよりとした空気を吹き飛ばすように、殊更《ことさら》明るい声をあげた。

「とうとう休暇も終わっちゃったわねー。村に戻らずに、王都にいくことになっちゃったわ、って！　ああっ！　折角《せっかく》ゴートと作ったジャム！　もらった野菜も傷んじゃうわ……っ」

大変なことを忘れていたといった風情で、うちひしがれるアイリレイアに、ゴーレムが提案をする。

「それなら、村長しゃんに手紙を送ればいいのではないでしゅか？　村の人で分けてもらうように伝えるといいと思いましゅ」

「さすがごーれむタンねっ！　早速、手紙を書いてくるわね！」

アイリレイアはそう言うとバタバタと兵舎の部屋を出て、庁舎の魔法省へ向かった。

「あら、アイリレイアさん、もう体は大丈夫なの？」

「バーバラさん、はい、もう大丈夫です。着替えもありがとうございました」

アイリレイアが礼を言うと、バーバラはいいのいいのと手を振る。

「気にしないで頂戴《ちょうだい》。ご飯は食べたの？　この近くに新しくできたご飯屋さんがあるのよ、今度一緒に食べにいきましょうよ。それでね――」

「あのっ、バーバラさん、お手紙を書きたいから、ペンと便せんを貸してもらえないかしら」

いつまでも続きそうなバーバラのはなしに、アイリレイアは彼女の呼吸のタイミングで要望を口にする。はなしの腰を折られることに慣れているバーバラはからからと笑いながら、ペンと便せんを用意した。

「ごめんなさいね、アイリレイアさんが来てくれて嬉《うれ》しくって」

「バーバラさんのお喋りは、誰が来ても来なくても、変わらないでしょうが……」

隣の席のひょろりとした召喚士の男性がぼそりと呟《つぶや》く。

「やぁねぇ。誰かが来れば二割増しよぉ」

バーバラの言葉にうんざり顔をした男性は、アイリレイアに少し離れたところのあいている机を使えと言ってくれた。

「バーバラさんが近くにいると、はなしかけられて仕事が捗らないから……」

「やぁねぇ。そのとおりだけどっ！」

ぼそぼそ喋る男性に、バーバラがあははっと笑う。アイリレイアは男性の好意を受けて、その机を借りた。

一枚目の手紙には、村長宛にいままでのお礼と、家のものは村の人達で分けてほしい旨を記した。そして、もう一枚の手紙にペンを走らせる。

親愛なるミーナメーア様
久しぶりの現場のお仕事でした。ちょっと色々あって、そちらへいくことになりました。ついたら連絡するね！

書きたいことはたくさんあるけれど、文字にすることは憚《はばか》られ、たった二行の文字が書かれた便せんを二つ折りにして封筒にいれる。

村長宛の手紙はバーバラが引き受けてくれ、ミーナメーアへの手紙はポケットへしまって部屋へと持って帰った。

アイリレイアが部屋のドアを開けようとしたとき、ドアの隙間《すきま》から聞こえてきた真剣な声に手を止めてしまった。

「――御主人ちゃまは血も、骨の折れる音も、争いごとも嫌いでしゅ。だけど、わたくしがいるから、逃げることもできずに、戦いの場に身を置くのでしゅ」

「それだって、彼女が自分で選んだことだよ」

哀《かな》しげなゴーレムの言葉に、強人が静かな声で返していた。

「わたくしが居《お》らねば、御主人ちゃまは、あんなに苦労することはなかったんでしゅ」

「ゴーレム殿といる彼女は、楽しそうだよ」

強人の声は、事実だけを紡ぐようにはっきりと言い切っていた。アイリレイアも強人の言葉に胸のなかで強く頷く、苦労だなんて思ったことはなかったと。

「御主人ちゃまはいつも笑顔でいてくだしゃるのでしゅ……辛くても、苦しくても、笑顔なんでしゅよ。わたくしは、御主人ちゃまが苦しんでいても、抱きしめることも、涙を拭《ぬぐ》って差し上げることも……手を繋ぐことすら、できないのでしゅ」

ゴーレムの告白を聞いて、アイリレイアは後悔した。あのとき、なぜあんなことを言ってしまったのだろうと……手を繋ぎたいなんて、自分勝手に願ってしまったんだろう。

あの優しいゴーレムが、気に病まないはずないのに。

戸口に立ち尽くしていたアイリレイアは、バタバタと近づいてくる足音に気づいて、頭を振って気持ちを切り替えると、元気よくドアを開けた。

「ただいまー！　……あれ？　どうしたの？」

アイリレイアは、戻った部屋の雰囲気に戸惑ったふりをして、なかに入るのを躊躇《ためら》った。

聞き耳を立てていたことがバレていないかと様子を窺う。ゴーレムは基本的に表情がわかりにくいし、強人もなにもなかったかのように笑顔をアイリレイアに向ける。

「おかえりアイリレイア。手紙は書けた？」

「ええ！　村長さんへ、家のものをみんなで分けてくれるように頼んだわ。あとはミーナメーアへの手紙なんだけど……」

聞き耳を立てていたのはバレてはいないらしいと、アイリレイアはホッとして、自分の荷物からダイラルンガの葉とルイルの蔦《つた》を取り出し、あっ！　と声をあげた。

「お水が足りない……」

朝日を受けた水がないことに気づいて、肩を落とすアイリレイアに、ゴーレムは窓辺に置いてあった水差しを差し出した。

「こちらをお使いくだしゃい、今朝用意したものでしゅ」

「さすがごーれむタンね、ありがとう！　これで、ミーナメーアへ手紙を送れるわ」

アイリレイアは笑顔で水差しを受け取って、宿から運ばれていた荷物から取りだした小さな乳鉢《にゅうばち》に材料をいれてごりごりと磨《す》り潰していく。

できあがった緑色の液体を、手紙につける前に、一口含んでミーナメーアからの手紙がないか、確認のために召喚をする。

「我望む、ミーナメーアからの手紙」

テーブルのうえに広げた両手のなかに、パサリと手紙が一通落ちてきた。

それを開封するのは後回しにして、自分の書いた手紙の四隅に先程作った液体の残りをつけて、ぱたぱたと振って乾かしてから荷物のなかにいれておく。こうしておけば、アイリレイアがどこにいても、ミーナメーアが召喚魔法で取り寄せてくれる。

口のなかのえぐみを、ゴーレムの差し出した水を飲んで流し込んでいると、興味深そうに見ている強人に気づいた。

「いまのも、魔法？」

アイリレイアの視線に気づいて、質問してきた強人に、アイリレイアは頷く。

「この前使った魔法とは違って、いま使ったのは召喚魔法っていうのよ。私の得意分野なの」

「へぇ！　なにもないところに、手紙が出てきてびっくりした。物体を転移させるなんて、凄《すご》いなぁ」

心底感心したように言う強人にアイリレイアは照れながら、ミーナメーアからの手紙の封を切った。

他愛のない話題の最後に、折角の休暇なのだから、たまには自分のところにも遊びにおいでと書いてあった。

あまりにも当たり障りのない内容に、彼女もまた、手紙には書けないことがあるのだろうと察して、アイリレイアは王都についたらまずはミーナメーアと連絡を取ろうと決めた。

＊　＊　＊

夕方、部隊の日程を調整したハルクが、今後の確認をするために、アイリレイア達の部屋に来ていた。

「ハルク隊長……。こういう連絡って、もっと下《した》っ端《ぱ》の人がするものだと思ってたわ」

何度も顔をつきあわせ、ハルクに慣れてきたアイリレイアが思わずといったように零《こぼ》した言葉に、ハルクは一瞬固まってから、肩を震わせて笑った。

「まぁ、確かにそうだろうが。決定権を持つ私が来たほうが、はなしが早いだろう？」

「……それもそうね」

素直に納得してしまうアイリレイアに、ハルクは目を細める。

「さて、では出発は明朝だ、忘れ物のないようにしておけよ」

「待つでしゅ」

椅子から立ちあがったハルクを、いままで無言だったゴーレムが引き留めた。

「どうしたの？　ごーれむタン」

不思議そうに首を傾げるアイリレイアの横にいたゴーレムは、数歩彼女から離れると、アイリレイアに向かってぺこりと頭をさげた。

「御主人ちゃま。六年間、一緒にいられて、とても幸せでしゅた」

「え……？」

驚いて固まるアイリレイアを尻目に、ゴーレムは強人を見上げる。

「ゴート、御主人ちゃまを、大事にするでしゅ」

「……勿論《もちろん》だ」

なにかを堪《こら》える表情で、強人は頷いた。

三人の様子を静かに見ていたハルクに、ゴーレムは丸い目を向ける。

「御主人ちゃまに、新しい名と、保護をお願いするでしゅ」

「それでいいのか、ゴーレムよ」

ハルクの静かな問いかけに、ゴーレムはコクンと頷いた。

「な、だ、駄目よ？　駄目だったらっ！　私は絶対に、契約を解除したりしないわよっ」

ゴーレムのしようとしていることを理解したアイリレイアは、ゴーレムから両手を隠して、壁に貼り付く。

契約の解除は、契約者が死亡するか。契約者の手によって、ゴーレムの身に書かれた契約者の名を削らなければならない。

壁を背にへたり込んだアイリレイアの前に、ゴーレムが立ち、コテンと首を傾げる。アイリレイアの大好きな可愛い仕草だけど、いまはそれを愛《め》でることはできない。

「御主人ちゃま、ずっとわかっておりましゅた。わたくしの存在が、御主人ちゃまを苦しめているのだと。わたくしがいるせいで御主人ちゃまは倒れるほど働かされましゅた。たくさん、見たくないものを見ることになりましゅた」

アイリレイアは、ゴーレムの言葉を否定するように首を横に振る。

「わたくしは、これ以上、だいしゅきな御主人ちゃまを苦しめる自分を、許しゅことができましぇん。でしゅから、どうか、御主人ちゃまの手で、わたくしを解放してくだしゃい」

「どう、して……？　だって、ずっと一緒にいるって、言ったじゃない。私がおばあちゃんになって、死ぬ間際に、名前をつけるのでしょ？　それまでは、一緒にいるのよね？」

涙をぼろぼろ零すアイリレイアに、ゴーレムは困ったように、目をぱちぱちと瞬《またた》かせた。

アイリレイアはへたり込んだまま、涙が零れる顔でゴーレムを見上げて、震える唇を引き上げて笑みを作る。

「私は、大丈夫よ？　ごーれむタンが守ってくれるから、なにも怖くないもの」

「これからは、ゴートが御主人ちゃまを守りましゅ。ゴートは強いでしゅ」

ゴーレムの言葉に、アイリレイアは必死に首を横に振る。飛び散る涙が、ゴーレムの足を濡《ぬ》らし、染みを作った。

ゴーレムはそれを見おろして、ふるりと体を震わせると、ゆっくりと背中から金色の釘《くぎ》を一本取り出した。その釘は、ゴーレムの体にアイリレイアの名を彫ったときに使ったものと同じもので、アイリレイアはそれを見ると脅《おび》えるように体を竦《すく》ませた。

ゴーレムはアイリレイアの前に、短い足を曲げて跪《ひざまず》き、騎士が剣を捧《ささ》げるようにアイリレイアにその釘を差し出した。

「最愛なる……」

いつもは高いゴーレムの声が、巨大化したときと同じ、低い声で紡がれる。

「最愛なるアイリレイア。願わくば、わたくしもあなたと共にありたかった。でも、できぬのであれば、わたくしはあなたの幸いを望みます。どうか、あなたの手で」

真摯な声は有無をいわせず。アイリレイアは泣きながら、震える手でゴーレムの手のうえの釘を受け取った。

すっくと立ち上がったゴーレムは、アイリレイア＝セルベントと名が彫られた胸を、削りやすいように真っ直ぐに彼女に向けた。

「ごーれむタンは、ずるいわ……。無理矢理、契約したくせに。契約の解除は私にやらせるなんて、酷《ひど》すぎるじゃない」

アイリレイアは何度か深呼吸すると、服の袖で涙を拭った。真っ赤になった目からは、もう涙は止まっていた。

最後は、笑顔で別れようと、決心した。

「ねぇ、ごーれむタン。手を、繋いでくれる?」

左手を差し出したアイリレイアに、ゴーレムは躊躇ったあと、手を持ち上げて彼女の手に、自分から触れた。

固い感触が、そっと手を握る。

「ふふっ、やっぱり大丈夫だったじゃない。ありがとう、ごーれむタン」

嬉しそうに笑ったアイリレイアに、ゴーレムは手を繋いだまま無言でこくこくと頷いた。

「いままで、ありがとう、ごーれむタン。あのね、実はもう、ずっと前から決めてあったの」

「なにを、でしゅか?」

首を傾げるゴーレムに、アイリレイアははっきりと伝えた。

「優しくて可愛いく、そして誰よりも強い、私の最強のゴーレム。あなたに名前を授けるわ、あなたの名は――ヴァイゼ」

アイリレイアが意思を持って名を口にした途端《とたん》、アイリレイアから光の粒が飛びだしゴーレムへと吸い込まれていく。それだけではない、屋根や壁を突き抜け、部屋の外からも光の粒がゴーレムへと大量に流れ込んだ。

それはゴーレムを作り出した大魔導師の系譜に連《つら》なる者すべてから溢《あふ》れ出た光の粒子……可視化された純粋な魔力だったのだが、その光がゴーレムへと滔々《とうとう》と注がれる。

部屋にいた全員がその光に目がくらみ、目を閉じた僅かな間に、大魔導師がゴーレムに仕掛けていた大魔法の発動が完了する。

それと同時に、アイリレイアは体のなかから、長く自分のなかにあった、ゴーレムとの契約の絆《きずな》が消えたことを感じた……。

胸に湧く虚無感を押し殺し、急激に魔力が抜けて体が重だるくなってへたり込んだまま、恐る恐る目を開けたアイリレイアの目の前にいたのは、短い灰色の髪をした、肉厚で筋肉質な肉体をした偉丈夫《いじょうぶ》だった。

高名な芸術家によって作られた彫像のように凛々《りり》しく整った顔立ち、そして均整の取れた裸体は、その雄々しい美をアイリレイアの前に晒《さら》していた。

突然目の前にあらわれたその男性を、座り込んだアイリレイアはぽかんと見上げ。彼の漆黒《しっこく》の瞳も、アイリレイアをきょとんと見おろした。

さっきまでゴーレムがいた場所にあらわれた青年。さっきまでゴーレムと繋いでいた手は、青年と繋がれていて。

　青年は、アイリレイアと繋いでいないほうの手を、恐る恐る自分の目の前に翳《かざ》し、その手を確かめるように動かして、それからアイリレイアと繋いでいる手を見た。

「ああ…………っ」

　低い響くような感嘆の声が漏れ、青年の目から熱い涙が零れ落ちた。

「アイリレイア――あなたの、温《ぬく》もりを感じる」

　青年の涙に揺れる黒い瞳が、アイリレイアの胸をうつ。

「あなたは、ごーれ……いいえ、ヴァイゼ？　ヴァイゼなのね」

　震える唇が紡ぐ名に、青年、ヴァイゼが小さく頷きを返し、跪くとそっと手を引いて彼女をその逞《たくま》しい腕に抱きしめた。

「アイリレイア……っ」

　ヴァイゼは、腕のなかに愛《いと》しい存在を囲える喜びに打ち震えた。

「えっ、あ、ちょっと、苦しいっ！　ごーれむタンっ！　違った、ヴァイゼっ！　苦しいってばぁっ！」

　力強い抱擁《ほうよう》に、アイリレイアは目を白黒させて、ヴァイゼの裸の背をぺちぺちと叩《たた》く。

　そして、正気に返った強人は、全裸のヴァイゼの腰に、素早く脱いだ上着を巻き付けた。

「ヴァイゼ殿、まずは前を隠せ！」

「ゴート！」

ヴァイゼはアイリレイアを離すと、今度は近くに来た強人に抱きついた。強人よりも二回りは大きな体格が襲いかかる。

「ぐえっ！　ヴァ、ヴァイゼ殿っ！　落ち着けっ」

アイリレイアと同じように、抱きつくヴァイゼの裸の背をバンバン叩く強人だったが、すぐにヴァイゼの拘束が解かれた……否、ヴァイゼはずるずるとその場に倒れ伏してしまった。

「ヴァイゼッ？　おいっ、大丈夫かっ！」

「気を失っているだけだ、ベッドに運ぶぞ」

驚いて揺すり起こそうとする強人を、ヴァイゼの様子を確認したハルクが止め。男二人がかりで、ベッドのうえに運びあげる。

そしてアイリレイアは、ハルクの指示で軍服を一揃《ひとそろ》い調達しに走らされた。

＊＊＊

「なるほど、ヴァイゼを作った大魔導師が、あらかじめ魔法を埋め込んでいたということか。……ゴーレムを人化させる魔法など、大魔法中の大魔法だろうな。そんな魔法があると聞いたこともないし、あるとも思わんな」

質素なイスに座ったハルクが、疲れたように背もたれに体を預け、天井を仰《あお》いだ。

アイリレイアはベッドの端に腰かけ、その隣にヴァイゼが座り、強人は壁に背を預けて立っている。

アイリレイアもハルクの言葉に同意するように頷く。妙にマニアックな魔法学校の授業でだって、そんな魔法があるなど、聞いたこともなかった。

「そもそも大魔導師など、最後にいたのは何百年も前だぞ」

「わたくしが作られたのは、五百年以上前ですから、その大魔導師がわたくしを作った人物でしょう」

ヴァイゼはアイリレイアから視線を外さずに、ハルクにこたえる。

石でできたゴーレムの体からいきなり人間になったことで、一気に溢れた情報量を処理できずに気絶したヴァイゼだったが、見た目どおり頑強な肉体だったらしく、すぐに目を覚まし、ハルクに渡された左肩に鷹《たか》の刺繍《ししゅう》の入った軍服を身につけた。

キチッとした軍服は、ヴァイゼの凛々しい雰囲気によく似合っている。

「大体、五百年もの間、ヴァイゼはなにをしていたんだ？　君ほどのゴーレムならば、歴史に名を残していてもおかしくはないだろう」

その当然の疑問に、ヴァイゼはハルクに視線をやると少しだけ顔を曇らせた。

「五百年間？　誰にも召喚されず、契約されることもなかったので、ただ、最後の地で立ち尽くしておりました」

低い声が告げる内容に、アイリレイアは痛ましそうな視線を送る。その視線に気づいたヴァイゼは、男らしい顔に彼女を安心させるように笑みを浮かべてから、ハルクに顔を戻した。

「幸いなことに、雨風をしのげる場所でしたから、五百年という時間のわりには風化は激しくありませんでした。ですがいっそ、雨風を受けて百年ほどで――」

目を伏せて言いかけたヴァイゼの服の袖が、ギュッとアイリレイアに握りしめられ、ヴァイゼはハッとして彼女を見おろすと、険しくなっていた表情を緩めて、もう片方の手でアイリレイアの手をさすった。

「あの五百年があったからこそ、こうしてアイリレイアやゴートに出会うことができました」

心からそう言っているとわかる穏やかな表情に、アイリレイアも強人も、ほっと胸を撫《な》で下ろす。

「しかし不思議なのが……」

「え？　なに？」

じっとアイリレイアを見おろすヴァイゼに、アイリレイアは首を傾げる。

「アイリレイア、魔力の枯渇《こかつ》はありませんか？　具合が悪いというのは？」

「え？　魔力は、そうね。結構ごっそりなくなった感じはしたけれど、枯渇というほどではなかったわ。それがどうしたの？」

ヴァイゼはそのこたえを聞いて、納得しかねているような表情で口を開いた。

「あの大魔導師のかけていた人化の魔法ですが。契約者がわたくしに名をつけた段階で、かの大魔導師の血脈すべての魔力を賭して発動する魔法だったのです」

「……血脈っていうと、遠い親戚とか、名も知らぬ血縁者とか、一切合切《いっさいがっさい》という意味で合っているか？」

ハルクの確認に頷くヴァイゼに、強人が「なんて迷惑な……」と思わず呟きを零し、思い出したように目を瞬かせた。

「そういえば、前にヴァイゼ殿が言ってたっけ、救いようのない魔法馬鹿だって」

「ええ、まったくもって、そのとおりです」

憮然《ぶぜん》とした顔のヴァイゼに、五百年の時を孤独でいた彼が、大魔導師の一番の被害者なのだと思い至る。

「魔力を持つ者が、それを枯渇させてしまうと、生命の危機に瀕《ひん》することもあると知っているのに、あの大魔導師はその魔法をわたくしに組み込んだ。だが、アイリレイアは、魔力を枯渇させるどころか、まだ余力のある状態でした」

「なるほどな。五百年の間に魔法が変質していた、という可能性は？」

ハルクの推測に、アイリレイアが首を傾げる。

「魔法に変質なんてありえないわ。もし変わってしまったなら、きっと人化の魔法自体発動しないはずだもの。それよりも、もっと単純に、大魔導師が予定していたよりも、ずっと子孫の数が増えてたんじゃないかしら？　だから必要な魔力を集めても、個々の負担が軽くなったって考えるほうが、わかりやすいわ」

アイリレイアはそう言うと、思案するように顎《あご》に指先をあて、目を細めて宙に視線を彷徨《さまよ》わせてから、隣に座るヴァイゼを見上げて微笑《ほほえ》んだ。

「きっと、大魔導師はもっと早くにヴァイゼが名を得て、人間になると思っていたのよ。もしかすると、自分がそれをするつもりだったのかもしれないわね」

軽い調子で言われたアイリレイアの言葉に、ヴァイゼはハッとして目を見開くと、両手で顔を覆《おお》い体を丸めた。

「ヴァ、ヴァイゼ？」

なにか傷つけることを言ったのかとオロオロするアイリレイアに、ヴァイゼはごしごしと大きな両手で顔を擦《こす》る。少しの間伏せていた顔をあげると、すっきりとした表情をしていた。

「アイリレイアの言うとおりかもしれないですね。わたくしを作った大魔導師は、確かに魔法馬鹿ではありましたが、冷酷でも、無慈悲でもありませんでしたから」

凛々しい顔に複雑な思いを乗せた笑みを浮かべるヴァイゼに、きっとその大魔導師との日々は、ヴァイゼにとって大切なものなのだろうと察したアイリレイアは、胸の奥がツキンと痛むのを感じた。

「さて、ゴーレムが人間になったということは、アイリレイア嬢の名を変えることも考えなくてはならんな」

「ゴーレムという存在がなくなったのに、やっぱりそこまでしなければ駄目ですか？」

　強人が不思議そうに尋ねれば、ハルクは苦々しく頷いた。

「ああ、マミレグアへの依頼がなくならない限り、安心できないからな」

　ハルクの言葉に、強人の眉間《みけん》に皺《しわ》が寄る。

「あの魔法使いは見つかったんですか？　彼に依頼を取り消させれば、アイリレイアが狙われることもなくなるんですよね？」

「魔法使いのエイルについては調べはついている。昨日の作戦の前に休暇届が出されていて、同僚のはなしでは、王都にいくと言っていたらしいのだが。現在どこにいるのかの確認がまだ取れていない」

　ハルクの言葉を聞いて肩を落としたアイリレイアに、ヴァイゼは心配そうに視線を送る。

「まずは最初の予定どおり、明日、我が部隊と共に王都に向かおう。ゴートとヴァイゼは、兵士に紛れてもらう。アイリレイア嬢も、道中なにが起こるかわからないから軍服を着用しておいてくれ。今日の夕飯は三人分この部屋に運ばせよう。あと、ゴートとヴァイゼは隣の部屋のベッドを使ってくれ」

　テキパキとハルクが決定し、明朝中庭に集合するように伝えると、まだ仕事があるからと部屋を出ていった。

ハルクの計らいにより三人の前には、明らかに兵舎の食堂で出されるものとは違う、美味《おい》しそうな夕飯が用意されていた。

持ってきた兵士のはなしだと、最近できた高級店から取り寄せたということだった。

「そっか……ヴァイゼ殿は、これがはじめての食事だもんな」

しみじみと言った強人の言葉に、アイリレイアもハルクの心遣いに感動する。

手にスプーンを持ったヴァイゼが、湯気の立つ美味しそうな料理を凝視《ぎょうし》している。

「ヴァイゼ、スープは熱そうだから、冷ましてから飲んでね。あの、食べ方は、わかる？」

心配そうに尋ねるアイリレイアに、ヴァイゼは料理から顔をあげて、少しだけ恥ずかしそうに、「大丈夫です」とこたえた。

「それじゃ、いただきましょう！」

アイリレイアの嬉しそうなかけ声に、ヴァイゼは凜々しい外見にはちょっと不釣り合いに、幼げな動作でコクンと頷いて、ほんの少しスープをすくうと、恐る恐る口に運んだ。

アイリレイアと強人はドキドキしながら、ヴァイゼの様子を見守っている。

ヴァイゼは恐る恐るといった様子でスープを飲み込み、それからぎゅっと瞑《つむ》った目から、ぽろりと一粒涙を零した。

「ヴァ、ヴァイゼッ？　どうしたの？　気持ち悪くなった？」

驚いて彼の大きな背中を撫でるアイリレイアに、ヴァイゼは手で顔を覆い首を横に振った。

「とても……っ、とても、とても、美味しゅうございます。わたくしは、大丈夫ですから、どうぞ二人とも、食事をなさってください」

目元を拭ったヴァイゼは、二人に笑みを向けて食事を促《うなが》し、自分もまた食事を再開した。

ひとくちひとくち丁寧《ていねい》に味わい、感動するヴァイゼに、アイリレイアも強人も彼に合わせてゆっくりと食事をする。高級店の食事は、二人にとってもとても美味しいものだった。

勿論アイリレイアはヴァイゼに、この食事はかなり美味しいほうなのだと、しっかり念を押すのを忘れなかった。


食事を終えたヴァイゼとゴートが隣の部屋へいってしまうと、アイリレイアは一人きりになってしまう。部屋の灯りを消したアイリレイアはごそごそとベッドに潜り込み、横向きで体を丸めて目を瞑った。

「おやすみなさい、ごーれ……」

いつものように口にしかけた言葉にハッとして、閉じていた目を開く。

闇に慣れてきた目は、ベッドの横にゴーレムがいないことを実感させる。

「そっか……」

アイリレイアはシーツを口元まで引き上げ右手でぱたぱたとベッドの端を探るけれど、「どういたしましゅたか、御主人ちゃま」という少し高い声がかけられることはなかった。

いつもベッドの横に立ち、アイリレイアを見守ってくれていたゴーレムはもういない。

一抹《いちまつ》の寂しさを感じながら、アイリレイアは目元までシーツを引き上げて眠りについた。

＊＊＊

翌朝、アイリレイアが目覚めると、すっかり身支度を整えたヴァイゼが目の前にいて。もし彼がこれほど凛々しくかっこいい容姿で、思わずアイリレイアが見惚《みほ》れることがなければ、彼女が悲鳴をあげていてもおかしくはなかっただろう。

イスに座って長い足を組み、気持ちよさそうに眠るアイリレイアの寝顔を見ていたヴァイゼは、アイリレイアと目が合うと凛々しい顔をほころばせる。

「おはようございます、アイリレイア」

破壊力のある彼の微笑みの直撃を受け、頬をほんのり赤くしたアイリレイアは、誤魔化《ごまか》すようにわたわたとベッドから起きあがった。

「お、おはよ、ヴァイゼ。昨日はよく眠れた？」

尋ねるアイリレイアにヴァイゼは頷き、アイリレイアの頬に手を伸ばして大きな掌《てのひら》で頬を包むと、柔らかな感触を楽しむように親指で撫でる。

「眠るというのは心地のよいものですね。ただ、アイリレイアが側にいないのはなんだか落ち着かなくて、できれば今夜はアイリレイアと――」

ヴァイゼの言葉を遮るように、部屋のドアがバーンと開けられた。

「ヴァイゼ殿っ！　やっぱりここにいたっ！」

だだだだっと入ってきた強人がアイリレイアの頬を包んでいるヴァイゼの手を、パパンと叩き落とす。

「油断も隙もないっ！　ヴァイゼ殿、早朝から女性の部屋に押しかけるのはマナー違反っ！　そしてなにより、昨日した俺との約束はどうしたんだよっ！」

「約束ってなあに？」

強人を見上げて首を傾げるアイリレイアに、強人は少し顔を赤くする。

「ああ、それは――むぐっ」

「男同士の秘密だから、内緒だっていっただろ！　ヴァイゼ殿っ」

アイリレイアに言いかけたヴァイゼの口を、慌てて強人が手で塞《ふさ》いで睨む。アイリレイアは和気藹々《わきあいあい》とした二人の様子を、ちょっぴり羨《うらや》ましく眺めた。

口を塞いでいた強人の手を外し、ヴァイゼは挑発的な笑みを浮かべる。

「ゴート、これからはヴァイゼと呼び捨てて結構ですよ」

その笑みに、強人は頬を引き攣《つ》らせながらも、目を細めて彼を見おろす。

「俺を認めた、ってわけじゃなさそうだな。……まぁ、いいけどな。これからもよろしく、ヴァイゼ。ほらっ、アイリレイアも着替えなきゃならないんだから、出るよっ」

腰に手をあててヴァイゼを見おろしていた強人は、ヴァイゼの腕を引いて部屋から連れ出しながら、早朝からアイリレイアの部屋に押しかけるのは駄目だとしっかり念を押していた。

アイリレイアはいつもの軍服で、同じく軍服姿の強人とヴァイゼと一緒に、ハルクの率いる厳《いか》つい兵達で構成された部隊に紛れ込んだ。

このトリス・アレスの町から王都までは、徒歩で丸二日の距離がある。狙われているアイリレイアは荷物と共に荷馬車に乗せられ、固い布をかぶせられた。

最初、荷のフリをするのは中々大変だと思っていたアイリレイアだったが、いつの間にか揺れる荷馬車のうえで眠ってしまっていたらしく、ガタンと大きく揺れて馬車が止まったことで目を覚まし、自分の図太さにちょっとびっくりした。

勝手に布から出るわけにもいかず、大人しくしていると、ヴァイゼがアイリレイアにかけられていた布を捲《まく》った。

「大丈夫でしたか？」

「ええ見てのとおりよ。ありがとう、ヴァイゼ」

礼を言って荷馬車からおりようとしたアイリレイアを、ヴァイゼはその腰を掴《つか》んで軽々と持ち上げると、一度ぎゅっと抱きしめてから地面におろした。

「ヴァイゼ……隙あらばアイリレイアを抱きしめようとするのは、どうかと思うぞ」

強人が憮然とした顔でヴァイゼを諌《いさ》めるが、ヴァイゼは涼しい顔でそれを退ける。

「ゴートだって、よくアイリレイアを抱きしめていたじゃないですか。わたくしだって、本当はずっと抱きしめたいのを我慢していたんですから、このぐらいは見逃してほしいですね」

「見逃せって言ってる割りには、いまだってアイリレイアと手を繋いでるじゃないかっ」

強人の指摘どおり、ヴァイゼの手はしっかりとアイリレイアの手と繋がっていた。

アイリレイアもごく自然に、その手を掴んでいる。

「ゴートも繋ぐ？」

「繋がないっ！」

にこにこと笑ってあいている手を伸ばしたアイリレイアに、強人は吐き捨てるように返事をして、先をいくハルク達のほうに小走りでいってしまった。

「……反抗期、かしら？」

「違うと思いますよ」

ヴァイゼは目を細くして強人の背を見送り、それからアイリレイアの手を引いて、強人の背を追うようにハルクのもとへ歩き出した。

アイリレイアは歩きながら、周囲の景色を見まわす。

「バイス・アレスの町についたのね」

特徴的な尖塔《せんとう》を見上げ、アイリレイアは見当をつける。ここは出発地点であるトリス・アレスと王都の、丁度《ちょうど》中間地点にある宿場町だった。

「この町はよく通りましたね」

手を繋いで歩いていたヴァイゼは、アイリレイアを見おろして彫像のように凜々しい顔に心底嬉しそうな笑みを浮かべる。

「そうね、ここは街道の分岐《ぶんき》だから……えっと、ヴァイゼ？　私の顔に、なにかついてる？」

にこにこと自分を見つめているヴァイゼに気づき、アイリレイアはあいている手でぺたぺたと自分の顔を撫でた。

「大丈夫です、なにもついていませんよ。わたくしはただ、こんなふうに手を繋いで、あなたと共に歩けるのが嬉しくて」

「ふふっ、私もとっても嬉しいわ。あら？　ゴート？」

ずかずかと戻ってきた強人が、両手で二人の繋いでいる手を掴んで離すと、そのまま二人の手を掴んで早足で歩き出す。

「もう、みんな集まってるんだから。のんびり歩いてないで、二人とも急ぐよっ！」

「え？　え？」

強人に手を引かれて小走りになるアイリレイアと、焼き餅《もち》で二人の繋いでいた手を離したもののの罪悪感があるのか二人の手を握ったまま引いていく強人に、ヴァイゼは小さく笑ってアイリレイアよりも逞しいその手を握り返すと、二人に合わせて足を早めた。

＊＊＊

バイス・アレスの町の中央にある兵舎でハルクの部隊と共に宿泊したアイリレイアは、翌日早朝から聞こえた剣戟《けんげき》の音で目を覚ました。

今朝は、昨日の強人の説教が効いたのか、ヴァイゼがアイリレイアの顔を見つめているということもなく。穏やかな……少し寂しい目覚めだった。

だけど窓を開けた正面にある中庭の訓練場で、強人がハルクの部隊の兵士を相手に剣を合わせているのを見つけたアイリレイアは、大急ぎで身繕いして訓練場を目指した。

「随分と華奢《きゃしゃ》な剣だが、そんな細くては、すぐに折れるだろう」

「折らずに戦うのもウデだよ」

強人は相手の剣を器用に受け流しながら、鋭く踏み込んでいる。

アイリレイアが訓練場に出ると、既《すで》に殆どの兵士達は揃い、強人と兵士の訓練の様子を面白そうに見学していた。

そして、その訓練場の隅では、ヴァイゼが黙々と剣を振っている。

筋力があるからか、一筋のぶれなく何度も振り下ろされる剣。彼が使っているのは、以前強人がジノージから譲り受けた剣だった。

強人と同じ、ゆっくりとした剣の振り抜きは、強人ほど完成されてはいないものの、十分に見応えのある美しさだった。

ヴァイゼの素振りをひとしきり見てから、アイリレイアは彼に近づいた。

「おはよう、ヴァイゼ」

アイリレイアが声をかけたことで、やっと彼女がいることに気づいたヴァイゼは、振り下ろす剣を途中でピタリと止めて、ゆっくりと腕をおろすと、額から頬に流れ落ちる汗を手の甲で拭いながら、彼女に笑顔を向けた。

「おはようございます、アイリレイア。よく眠れましたか?」

「ええ!　夢も見ずに眠ったわ。ヴァイゼ、凄い汗ね。ええと、ハンカチは……」

彼の汗を拭おうと、ポケットにあるはずのハンカチを出そうとしたアイリレイアを止めて、ヴァイゼは背に回した手を前に持ってきた。

手のなかには、いつものようにどこからか取り出したハンカチが。

「……それ、人間になってもできるのね」

そういえば、ヴァイゼがいま使っているジノージの剣も、彼がゴーレムのときに背に片付けていたものだったと思い出す。

「はい、この魔法は、わたくしに附与《ふよ》されたものであるせいか、存在がゴーレムから人間になっても、変わらずに使用できるようです」

汗を拭いながら、たいしたことではないような言い方のヴァイゼに、アイリレイアは遠い目をした。

「さすが大魔導師の魔法ね。一応、確認なんだけど……。その魔法、かなり凄い魔法だっていうのは……」

「大丈夫、理解しておりますよ。アイリレイアと、ゴートの前以外では使いません」

小声で宣言するヴァイゼに、アイリレイアはホッと胸を撫で下ろした。

異次元に収納を持っている人間なんて彼以外にいないだろうから、迂闊《うかつ》に知られるのはよくない。本当はその魔法を解読して、自分も異次元の収納が欲しいなぁと思わなくもないアイリレイアであったが。

「それにしても、ヴァイゼも剣ができるのね。いつも蹴りばかりだったから、てっきり剣は持ったことがないのだと思っていたわ」

「いえ、先程ゴートに教えてもらって、少し振れるようになっただけですよ。だから、情けないことに、こんな有様です」

「……っ！　ヴァイゼ、その手っ」

アイリレイアの前に出したヴァイゼの両手は、既にマメが潰れていた。

痛そうに顔を歪《ゆが》めるアイリレイアとは対照的に、ヴァイゼは誇らしげにその潰れたマメに触れた。

「痛み、というのは、こういうものなのですね。自らが強くなるために負う痛みは、辛くないものだと知りました。わたくしは、アイリレイアを守るために、もっと強くなりたいのです」

ヴァイゼの強く熱い視線に見つめられ、アイリレイアは頬が熱くなるのを感じる。

「ですが、この剣は少し軽い気がしますね。もう少し重みのあるほうが、振ったときに威力が出ると思うのですが」

そう言いながら軽々と剣を振り回すヴァイゼに、アイリレイアは一度持ったことのあるその剣が、そんなに軽いものではなかったのを思い出し、彼の筋力に目を見張る。

「ヴァイゼならば身長もあるし。どちらかというと剣よりも、槍《やり》のほうが向いているのではないか？」

「あっ、ハルク隊長！　おはようございます」

「ああ、おはよう」

元気に挨拶するアイリレイアに、ハルクも挨拶《あいさつ》を返し、二人に近づいてくる。

「槍ですか」

「打撃武器でもいいとは思うが」

ハルクが手をあげて合図すると、二人の兵士が自分の武器を手に駆け寄ってきた。

一人は片腕ほどの長さの、メイスという棒の先に鉄の頭がついた打撃武器を。もう一人は、身長よりも長い棒の先に鉄でできた円錐《えんすい》状のニードルとその根元に斧《おの》部と鉤《かぎ》部を持つ、ハルバートという槍を持っていた。

ハルクはメイスを手にしてから、少し首を傾げてすぐにそれを兵士に返すと、今度は槍を手にし、それをヴァイゼに持たせた。

「このハルバートを使いこなすには、訓練が必要になるが、ハルバートではなく、ロングスピアならば、筋力があればすぐに使える武器になる。持った感じはどうだ？」

ヴァイゼは手にした槍を何度か握りなおし、あいている場所に移動すると、ゆっくりとそれを振った。

両手で持ったそれを、最初はぎこちなくゆっくりと、それから少しだけ早く振り抜く。

「剣よりも重みがある分、こちらのほうがしっくりきますね」

ヴァイゼは素直にそうハルクに伝えると、潰れたマメで汚してしまった槍の柄をしっかりと拭《ふ》いてから、持ち主である兵士に礼を言って返した。

「そうか、では王都についたら、ヴァイゼに合った槍でも探すか。接近戦のために剣もできるに越したことはないがな」

ハルクは上機嫌で、訓練場にいた全員に朝食を取るように声をかけた。

「……なんだか楽しそうね、ハルク隊長」

「ええ、新しいおもちゃを手にいれたような雰囲気ですね。わたくし達の不利益にはならないでしょうから、気にせずとも大丈夫だと思いますよ」

心配そうなアイリレイアに、ヴァイゼは安心させるようにそう声をかけ、汗だくで近づいてきた強人に手拭いを渡してから、先をいく兵士達に続いて三人で兵舎の食堂へと向かった。

「へぇ、長槍《ちょうそう》か。確かにヴァイゼの体格なら、そっちのほうが使い勝手がいいかもな」

兵士達と同じスープとパンという食事を食べながら、強人は頷いた。

「俺の体格だと、あまり重量のある武器は向かないから、槍術《そうじゅつ》は得意じゃないけど、基礎ぐらいなら教えられるよ」

強人の申し出に、ありがたく乗ったヴァイゼは、槍も何本か持っていたことをこっそりと二人に告げる。

「……ヴァイゼったら、なんでも持っているのね」

「わたくしのというよりは、大魔導師のものですね。容量の上限はあるようですが、まだ多少の余裕がある感じはします。大魔導師が、必要なものも不要なものも、なんでも入れていたので。いつか全部出して整理したいですね」

呆《あき》れたようなアイリレイアに、ヴァイゼは苦笑して小声でこたえた。

「なにが入ってるか面白そうだけど、恐ろしくもあるね」

強人の呟きに、アイリレイアもこくこくと頷く。

「そうですか？　危険物は、そう多くはありませんよ」

「やっぱり危険なものもあるんじゃないか……」

脱力した突っこみをいれる強人に、ヴァイゼはにこりと笑う。それを見て、強人は顔を顰《しか》めて、「からかっただけか」と口を尖《とが》らせる。

だけどヴァイゼの笑みを見たアイリレイアは、これは本当に危険物が入っているなとピンときて、いつか放棄させねばと心に決めた。


この日の移動も、アイリレイアは荷馬車の荷台で布をかぶっていた。

ゴトゴトと揺れる荷台で気持ちよく微睡《まどろ》んでいると、突然周囲が騒然として、アイリレイアは驚いてぱっちりと目を開けた。思わず布を捲って確認しようとしたところを、鋭いハルクの声に止められる。

「アイリレイア嬢、そのまま動くな。魔獣の襲撃だが、そう多くはない。すぐに片付ける」

「ま、魔獣……っ？」

ハルクの言葉にアイリレイアは目を丸くして、荷台でぎゅっと丸まった。

街道には魔獣除《よ》けも獣除けの魔法も施されているはずなので、魔獣に襲われることはありえないはずなのに。

だが、確かに聞こえる獰猛《どうもう》な獣のうなり声に、ハルクが嘘《うそ》を言っているわけではないことを知り、アイリレイアは一層身を縮めた。しかし、布越しに聞こえる荷馬車の周囲を取り囲むハルクの部下達の声は、なんだかウキウキしているようで、緊張感が感じられない。

「久しぶりの魔獣だが、少し数が足りないな」

「肩慣らしにもならんな」

本来それ単体でも危険な生物である魔獣の群れを前に、物騒な発言をする兵士達の声の合間に、強人の声も聞こえた。

「ヴァイゼ、まだ剣に慣れてないんだから、さがってなよっ」

「この程度の獣、問題ない」

強人の言葉を一蹴《いっしゅう》したヴァイゼの言葉のすぐあと、ボゴッという重い打撃音と、ゴフッと湿った音がした。

「……蹴り技も健在なのか」

「距離感を掴みたいから、少しこちらに回してもらえると助かります」

呆れたような強人の声に、堂々としたヴァイゼの声が聞こえてアイリレイアは、どうやら二人とも魔獣相手でも問題なく戦えているみたいだと、ホッと胸を撫で下ろした。

「アイリレイア嬢、もう出てきても大丈夫だ」

「ぷはっ」

しばらくして獣の声が聞こえなくなると、ハルクに声をかけられ、アイリレイアは厚手の布をかぶったまま頭をあげた。

周囲を見れば、野犬を大きくしたような魔獣の死骸が何体も転がっていた。布をかぶったまま荷馬車の縁に手をかけて周囲を見ていたアイリレイアは、荷馬車の近くに立って魔獣の死骸を片付ける兵士の様子を見ているハルクを見上げた。

「これって……もしかして、私を狙ったものでしょうか？」

恐る恐る尋ねるアイリレイアを、ちらりと横目で見おろしたハルクは、「どうだろうな」と言い置いてから、顔を正面に向ける。

「単純に魔獣除けの魔法陣の点検漏れかもしれんし、意図的に仕組まれたことかもしれない。どちらであるとは、現状、明言できんな。ところで、召喚士のアイリレイア嬢」

「は、はいっ？」

突然ハルクに『召喚士』と呼ばれたアイリレイアは、驚いて彼を見上げた。魔獣を片付ける兵士達の様子を腕を組んで見ていたハルクが、アイリレイアを見おろしている。

「魔獣除けの魔法陣の補修は、習得しているな？」

「……必修でしたので、一応、できます」

魔法は苦手でも、魔法学校在学時に、必ず覚えねばならないものがいくつかあった。そのひとつが、魔獣除けの魔法陣だった。

召喚士であるアイリレイアは、勿論この魔法も苦手なので、できれば任せてほしくなかったのだが、ほかに魔法を使える者がおらず、急を要するといわれてしまえば、頑張らないわけにはいかなかった。

魔獣が抜けてきたと思《おぼ》しき立木の間に、ヴァイゼと強人そしてハルクと半数の兵士達に守られながら近づく。

また魔獣が襲ってこないとも限らない状況なので、かなり厳重に守られながら、街道沿いの魔法陣をひとつひとつ確認していった。

「あ、あった！　壊されている魔法陣がありました」

アイリレイアが示した魔法陣は、自然に壊れたものではなく、意図的に魔法陣を破られた痕跡が見えた。ハルクも魔法陣を見て、アイリレイアと同じ見解を取る。

「これで、今回の魔獣は、君を狙ったものだと断定できるな」

「そうですね。この地域の魔法使いの怠慢《たいまん》じゃなくてよかったです」

苦々しいハルクの言葉に、ほっとしたようなアイリレイアの返事が返る。呆れたようなハルクの視線に、アイリレイアは肩を竦めた。

「だって、怠慢だとしたら、ここだけじゃなくて、国中の魔法陣の一斉点検とかしなきゃ駄目じゃないですか。そんなの、凄く面倒くさいでしょ？」

「まぁ、そうだな」

「ここだけ直せばすむはなしで、本当によかったー」

嬉しそうにそう言って、魔法陣を補修するために記述棒を手にして木に向かうアイリレイアの背に、「いや、君がまだ狙われているというのが確定した、ってことなんだぞ？」というハルクの声は届かなかった。

第五章　部署異動？　今度は王都で事務仕事。

魔獣の襲撃後はとくに問題なく先を進んだ一行は、夕方には無事王都に辿《たど》り着き、王宮を大きく取り囲む壁の左手側にある軍関係の施設が集まる庁舎に入った。

兵舎に戻る兵士達と分かれて、アイリレイア達はハルクに連れられて彼の執務室に入る。

執務室の右手側に置かれた応接用のテーブルセットのソファに座ったアイリレイア達は、シンプルな家具でまとめられている機能性重視の部屋を、興味津々《しんしん》で見まわした。

左手側の壁の手前には小さな入り口があり小部屋になっている。そこ以外の壁は大きな書架《しょか》が作り付けてあった。

部屋の正面にある一際大きな執務机がハルクの机で、室内にはほかにもう二台机が並んでいるが、一方はまるっきり使われている形跡がなかった。

「すまんな、少し待っていてくれ」

ハルクは三人にそう声をかけると、重厚な執務机の前に立ったまま机上《きじょう》の書類の束を掴《つか》み、手際よくそれを選《よ》り分けてゆく。

何枚かの書類を手に、三人の待つ応接テーブルにやってきたハルクは、ソファに座ってその書類に目を通しながら口を開いた。

「エイル＝ハムロックの動向だが。調査によると、王都にあるハムロック家のタウンハウスにいるらしい。詳《くわ》しいことまではまだわからないが、どうやら家督《かとく》を継いでいる長兄《ちょうけい》に呼び出されたらしいな。現状、こちらよりも魔法省のほうが先行して調査をしているから、そちらの連絡待ちだ。そこでだ――」

ハルクは読み終えた書類をテーブルのうえに伏せると、顔をあげてアイリレイアを見た。

「アイリレイア嬢には、身の安全が確保できるまで、ここで働いてもらいたい」

ハルクの言葉に、アイリレイアは不安そうな顔をする。

「ここっていうと。ええと、本部の召喚局に、ですか？」

現状、怪しいとされているペイドン召喚局長の近くで働くのかと不安な顔をするアイリレイアに、ハルクは首を横に振った。

「そうではなくて、私の部下としてだ。人手が足りず、増員する予定は前々からあったから、説明もついて丁度《ちょうど》いいんだ。ヴァイゼとゴートは、そのままうちの部隊に仮所属するのが一番いいだろう。勿論《もちろん》、兵士と同等の訓練をこなしてもらうことになるが、問題はあるか？　訓練についてくる自信がないのなら、ほかの部隊に入るように手配するが」

挑発するような言い方をするハルクに、強人《ゴウト》はムッとする。

「俺はハルク隊長の部隊でかまわない。アイリレイアを守れるようにもっと強くなれるなら、なんだってする」

ハルクを睨《にら》むように見返して強く言い切った強人に、ヴァイゼは小さく笑《え》んでから、ハルクに視線を向けて頷《うなず》いた。

「わたくしも鍛えたいので、ハルク隊長の部隊を希望いたします」

ハルクは二人の返事に、満足そうに口の端をあげた。

「二人とも、私の部隊で存分に訓練に励んでくれ――」

そのとき執務室のドアがノックされ、ハルクがそれに応じると、文官の制服である立て襟の上着を着込んだ男性が入ってきた。きっちりとうしろに撫《な》でつけた白髪交じりの髪に、神経質そうな細面《ほそおもて》には四角い眼鏡。

ハルクよりもうえの四十代と思《おぼ》しき厳格そうな男性は、真《ま》っ直《す》ぐにハルクの横まで歩くと、クルッと体ごとアイリレイア達のほうを向いて直立した。その硬質な雰囲気に、三人は思わず彼に向かって立ち上がり背筋を伸ばした。

「彼は、私の部下で事務方の仕事を取り仕切っているフロイツだ。フロイツ、そちらの二人はこれからうちの部隊に入る、ヴァイゼとゴートだ」

ハルクの言葉に、フロイツの細い眉がピクッと動いたが、なにも言わずにヴァイゼとゴートを見つめた。

「強人です、よろしくお願いします」

「ヴァイゼです」

紹介されて、強人とヴァイゼはフロイツに礼を取った。フロイツは厳しい表情のままひとつ頷き、視線をアイリレイアへと移した。

「彼女は召喚士のアイリレイア嬢だ。彼女も当分の間、うちの部隊に所属することになる」

「よ、よろしくお願いしますっ」

緊張して声を裏返しながら頭をさげたアイリレイアに、フロイツはふっと目元を和《やわ》らげた。

「ああ、君がアイリレイアさんか、噂《うわさ》はかねがね聞いていますよ。使役しているゴーレムはどうしたんですか？　一時も離れることなくくっついていて、まるで小舅《こじゅうと》のようだと聞いていたのですが」

表情は優しげだがその酷《ひど》い言い草に、アイリレイアはピンと閃《ひらめ》いた。

「もしかして、ミーナメーアのお知り合いですか？」

目を輝かせたアイリレイアに、フロイツはなにか言いたそうにしたハルクを視線で制して頷いた。

「ええ、それはもう、彼女のことはよく知っていますよ。それで、ハルク隊長。帰宅していた私を、わざわざ呼びつけたのは、ここにゴーレムがいないことと関係がありますね？」

「さすがは私の片腕だ。だが、ゴーレムがいないわけではない、ただ人間になってしまっただけだ」

ハルクはそう言って、ヴァイゼへと視線を向ける。

「お初にお目に掛かります。もと小舅ゴーレムです」

「おや、君がそうだったのか。もうゴーレムには戻らないのか？」

フロイツの言葉にぎょっとして、アイリレイアがヴァイゼを見上げる。

いままで思い至らなかったが、ゴーレムに戻るかもしれないという可能性に、アイリレイアは胸の奥がぎゅっと苦しくなった。

ずっと一緒にいた、あの小さなゴーレムが恋しい気持ちは確かにあるが、それ以上にヴァイゼを失いたくない、という強い思いがアイリレイアの胸を占める。

「残念ながら、たった一度きりの奇跡のような魔法で人化しましたので、戻ることはありませんよ」

はっきりと言い切ったヴァイゼに、アイリレイアはホッと胸を撫で下ろした。

「なんだ、それは残念だな。見た目だけは小さくて可愛いとか、そのくせ態度は大きくて生意気だとか聞いていたから、一度会ってみたかったのだがな」

「それもミーナメーア、さんが？」

確認するように問うヴァイゼに、フロイツは肩を竦《すく》める。

「四人とも、まずは座ったらどうだ。それにしても、フロイツ、随分とあっさりゴーレムの人化を納得したものだな」

立っている四人を座らせたハルクに、フロイツは目を細める。

「世の中には説明の付きかねる不思議なことがあるのだと、私は知っていますから。あれはそう三年前、突然の雨に降られ走っていた私は――」

「奥方との馴《な》れ初《そ》めは、今度の機会にしてくれないか」

慌《あわ》てたようにフロイツの言葉を遮ったハルクに、フロイツは不服そうに目を眇《すが》めてから、仕方ないとでもいうように、話をもとに戻した。

「もともとハルク隊長の今回の任務は、彼女の保護でしたから。ヴァイゼがゴーレムだということなら、この場にいるのはわかりますが。そうすると、彼はどのような？」

強人に視線を向けたフロイツに、ハルクが彼を紹介する。

「ゴートは、アイリレイア嬢の私的な護衛だ。剣はうちの兵士に張り合う腕を持っている。とはいえ、まだまだ伸《の》び代《しろ》があるから、ウチで鍛えることになった」

テーブルのうえに伏せてあった書類を渡されたフロイツは、ざっと目を通す。

「エイル＝ハムロックですか。これが今回の首謀者だと目《もく》しているんですね？」

「マミレグアの傭兵《ようへい》を雇って、アイリレイア嬢を消そうとした疑いが濃厚だ」

「マミレグア王国ですか、それはまた厄介ですね。ああ、だからアイリレイアさんも、うちの部隊に所属するようにするんですね。確かに、そのほうが守りやすい」

フロイツは納得してハルクに視線をやり、薄い唇の端をあげて笑みを作った。

「では、アイリレイアさんは、事務方でお預かりしてよろしいのですね？」

「ああ、頼む。アイリレイア嬢、フロイツの補佐として、彼についてくれ」

「はいっ。よろしくお願いします」

ハルクの言葉に、アイリレイアはしっかりと頷いた。

それを満足そうに見たフロイツは、三人に向き合うと眼鏡の位置をクイッと直してから口を開いた。

「ヴァイゼとゴートには、今日から他の兵と同じ生活をしていただきます。詳細《しょうさい》は同僚の者に伝えさせましょう。アイリレイアさんは、我が家に住み込みでいいですね？」

なぜフロイツの家に住み込みになるのかわからずに、アイリレイアは首を傾《かし》げた。

「フロイツの家はここのすぐそばで、なにより愛妻家だからなんら問題ない。君を仕事の行き帰りに、ひとりにするわけにはいかんからな」

「その愛妻家に、家に帰れないほどの仕事を押しつけるのはどこのどなたですか……」

冷たいフロイツの視線に晒《さら》され、ハルクは目を合わせないようにしながら、それについては悪いと思っている、と素直に謝った。

「ですが、まぁ。魔力をお持ちのアイリレイアさんを我が部隊に引き抜けたのは、喜ばしいことです。長く勤めていただければ、なお、いいのですが」

「ああ、本当にな」

ちらちらとアイリレイアを見ながら言うフロイツに、ハルクも同意して頷く。

「さてと、それでは速やかに行動するといたしましょうか。ああ、折角《せっかく》ですから、あれを使いましょう」

フロイツはハルクの執務机でサラサラと紙になにか書き付け、トールセン支部長が使っていたのと同じような用箋挟《ようせんばさ》みを戸棚から取り出して書き付けを挟み、アイリレイアに渡した。

「アイリレイアさん、こちらに魔力を込めていただけますか？」

「あ、はい」

それが紙を指定の場所に送るための魔道具であるのを知っているアイリレイアは、素直に表紙に書かれている魔法陣の端に指を乗せ、そっと魔力を通した。

するりと魔力が抜ける感触がして、確認のために表紙を開くと、挟んであった紙はちゃんと消えていた。

「これで、大丈夫でしょうか？　こういう魔道具は、はじめて使うので」

なにせこの魔道具。設定した一カ所にしか飛ばせない、一度に一枚しか飛ばせない、そのうえ結構な魔力を食う、という三重苦であるくせに、民家三軒は軽く建つ凶悪な値段の代物なので、アイリレイアは触るのもはじめてだった。

「多分、大丈夫ですよ。ほら、その証拠に――」

フロイツの言葉が終わらぬうちに、執務室のドアが勢いよく開いた。

「はっ、はっ、はっ、はっ……フロイツ事務官殿っ！　至急のお呼び出しにより、参上いたしましたぁっ！」

まだ若い兵士が駆け込み、息も整わぬうちに、フロイツの前にビシッと直立する。

「ご苦労。ですが、駆け込むのではなく、ノックをしなさい、ノックを」

用箋挟みの角で兵士の頭を叩《たた》くフロイツに、その価値を知っているアイリレイアは無言の悲鳴をあげる。

「申し訳ありませんっ！」

フロイツの無体にも、若い兵士は反論することなく直立で謝罪した。

「では用件ですが、この二人が、我が部隊に入ります。君が彼等《ら》の教育係としてついてください。兵舎はこの前あいた部屋がありましたね、そこを使うようにしてください。では、二人のことを頼みましたよ」

「承知いたしましたっ」

ビシッと礼をした兵士は強人とヴァイゼを促《うなが》すと、ハルクの執務室を出ていった。

「さてと、それでハルク隊長、詳しく説明してもらいましょうか？」

フロイツの低い声の恐ろしさに、アイリレイアは声もなくおののいた。そんな彼女を気遣ってか、フロイツはアイリレイアに笑顔を向ける。

「アイリレイアさん、そこに給湯室があるから、悪いけどお茶をいれてもらえますか？」

「はいっ！」

ハルクにかけた声よりもずっと柔らかな声で頼まれて、アイリレイアは慌てて示された給湯室に向かった。

狭い小部屋に入ると、アイリレイアはホッとしつつなかをじっくりと見まわした。そして見つけた、魔道具の数々にアイリレイアは目を瞬《またた》かせた。

水を出す魔道具、お湯を沸かす湯沸かしケトル君、その他にも見たことのない魔道具が取り揃《そろ》えられている。

「ここにある魔道具だけで、家が建つわ……」

先程の用箋挟みでも驚いたが、仕事場にこれだけふんだんに魔道具を置けるハルクが何者なのか。

上位貴族か、あるいは……王族かもしれないと、アイリレイアの勘が告げる。

魔法学校で叩き込まれた王族の系図を、アイリレイアはいまでもしっかりと覚えている。

だから、軍部に在籍する王族がいたな、とか、ハルクの容姿が王族の持つものに類似しているとか。年齢、容姿の特徴、その他いままでの行動などを総合的に考えて……。

「やめとこ……。本人も名乗っていないし、そっとしておいたほうがいいことなんて、たくさんあるものね」

記憶にフタをして、お茶の準備をする。

棚を漁《あさ》ると高級そうな茶葉が出てきて、はじめて使う魔道具に四苦八苦しながらもお茶をいれ、ハルクとフロイツのもとに運んだ。

「ありがとうございます、アイリレイアさん」

ひとしきりはなしが済んだらしいフロイツは、眼鏡を外して目頭を揉《も》みながら、首をこきこきと鳴らしていた。

「ありがとう、アイリレイア嬢」

ハルクもお茶を受け取ってひとくち啜《すす》る。

アイリレイアは二人と一緒に座るわけにはいかないと、少し離れた壁際に立った。こういう立ち居振る舞いも、どんな貴族のもとで働いても大丈夫なようにと、魔法学校の授業で習っていた。

「やはり、ちゃんと卒業した生徒は違いますね」

「……そうだな」

アイリレイアの態度に満足したらしいフロイツに、ハルクはアイリレイアを手招きして、あいているソファに座らせた。

「君に関係のあることだから、座りなさい」

「はい」

本当は立っているほうが、よっぽど気が楽なのにという本音を胸の内に、そっとソファに座った。アイリレイアが座るのを待っていたフロイツが、口を開く。

「まず、最初に行われるのは、魔法省の総轄《そうかつ》……端的にいうなら、国王陛下からの命令を軽んじたペイドン召喚局長の更迭《こうてつ》でしょうな。はっはっは、いい気味です。あのような無能は相互投票制度での局長選出制度の弊害《へいがい》の最たるものですから。今後は制度自体を改正すべきでしょうね。さて、こちら側がやるべきことは、エイル＝ハムロックを捕らえ、マミレグアに出した依頼を取り消させることですね」

フロイツがとても楽しそうにしているのに気づき、アイリレイアがハルクに視線を送ると、彼は困ったように頭を掻《か》く。

「フロイツは能力のない人間が殊《こと》のほか嫌いでな。ペイドンも一応は魔法学校を卒業してはいるが、生粋《きっすい》の貴族枠だったからな」

端的にいうと、ペイドンは無能であるということらしい。

「そして、エイル＝ハムロックも。ハムロック家は古くからある貴族だし、エイル以外はそれなりに優秀なんだが。ヤツは末っ子のせいか、まぁ、甘ったれた根性の持ち主でな。だから今回のことも、ヤツは手っ取り早く地位をあげるために、最強のゴーレムを手にいれようとして召喚士である君を排除しようとしたのだろう。魔法局に入ったのも金とコネだろうな」

吐き捨てるように言ったハルクに、フロイツは胸ポケットから取りだした使い込まれた革表紙の手帳をパラパラと捲《めく》った。

「魔法局に入局した経緯もそうですが。調べによると、魔法学校のほぼすべての単位を金で購入しているようですね」

「凄《すご》い！　単位ひとつにつき、金貨一枚なのに！　それも卒業間近の単位はその三倍なのよ！　いったいいくらかけたのかしらっ」

目を丸くするアイリレイアに、フロイツとハルクは深い溜《た》め息を吐いて、頭を抱えた。

「多少の金の動きはあると思ってはいたが、魔法学校はそんなことになっていたんだな……」

溜め息混じりに言ったハルクの言葉に、今度はアイリレイアが驚く。

「あら？　てっきり、周知のものだとばかり。だって、平民が卒業するのは三十人に五人程度ですよ？」

「いや、それは知っている。だから、彼等が『一掬《いっきく》の学徒』と呼ばれているのだろう。だが、年々その人数も減っている。学力が落ちているのだろうかと、危惧《きぐ》しているのだが」

ハルクの言葉に、アイリレイアはとんでもない！　と首を横に振った。

「学力が落ちてるんじゃなくて、試験問題が難しくなってるんですよ！　だって、難しいほうが先生達の懐《ふところ》が潤うじゃないですか」

「ああ、なるほど」

フロイツは、納得して頷いた。

「私が卒業した時代でも、わけのわからない問題が多かったですから。王家の系図を五代前まで全員暗記とか、王族の籍を抜けた人までですよ？　ほかにも、薬草学の試験に算術の問題が出たり。教えられてもいない、外国語の挨拶まで試験に出たときは本当に……どうやって、出題者を闇討ちにしようかって、学友達と相談したものです。外部組織に苦情を言いたくても、魔法学校の管轄は魔法局だから、学生の言葉なんて聞き入れてくれるはずもないし、就職にも影響するので、結局泣き寝入りです」

それもいい思い出です、と笑顔ではなしを締めくくったアイリレイアに、重苦しい男達の深い溜め息が落ちた。

「え、と。あの？　卒業はできなくても、貴族や商家で雇ってもらえるので、みんな路頭に迷うことはありませんから、大丈夫ですよ？」

「そうだな、金で卒業証書を買ったぼんくら共は、もれなく役所勤めになるからな……。だから、最近の魔法使いは能力が低いのか」

「悪循環の極みですね。こちらにもとばっちりがきていますし召喚局長の更迭だけじゃなく、魔法局の教育部門も早急にどうにかしてもらわねばなりませんね」

フロイツが苦々しく言い、ハルクは頷く。

「まぁ、それは、魔法省の総轄がなんとかすべきだろう。奏上《そうじょう》はしておく」

魔法省の総轄といえば、国王陛下だよね？　とアイリレイアは、おおごとになってしまったことに、戦々恐々としたが。でもこれで魔法学校がまともになればいいなと、期待する心も湧いてきた。

卒業できなくても、就職できるとはいえ。やはり、卒業したという箔《はく》は大きいので。

「ああ、もうこんな時間ですね。アイリレイアさん行きましょうか。ハルク隊長、我々は失礼しますね」

「ちょっと待て、まだやることが――」

立ち上がったフロイツに睨まれて、腰を浮かしかけたハルクはソファに戻る。

「わかったから、そう睨むな。アイリレイア嬢を頼んだぞ」

「承知しております。さ、アイリレイアさん、我が家に案内しますよ」

「はっ、はいっ」

フロイツのうしろを小走りでついていくアイリレイアを見送り、ハルクは肺の息がなくなるほど溜め息を吐いてから、残された仕事に取りかかった。

＊　＊　＊

「ただいま、帰りました」

「お帰りなさい！　あれ、お客さ……は？　なんでアイリレイア？　え？　旦那様？」

フロイツに連れられてついた家の前でアイリレイアは目を丸くした。

　ウェーブのかかった赤毛の髪をハンカチでひとつにまとめてシンプルなエプロンをつけた姿で出迎えに出てきたミーナメーアも、いつもは鋭い琥珀《こはく》色の目をいっぱいに広げ、次の瞬間には、アイリレイアとがっしりと抱きしめ合っていた。

「久しぶりぃぃぃっ！」

　叫びながら抱きついてきたアイリレイアを受け止めたミーナメーアは、すぐにアイリレイアをおろした。

「ちょっとどういうことよ？　アンタ休暇はどうしたのよ、それに、来るなら連絡のひとつも寄越しなさいよっ！」

「アイリレイアさんも疲れているでしょうから、まずは二人とも、なかに入りましょうか」

　やんわりと促すフロイツに従って家に入ると、タイミングよく鳴ったアイリレイアの腹の虫のために、ミーナメーアの作った夕飯を囲んだ。

「ミーナメーア、結婚の誓いのときに、出席できなくてごめんね……」

　ションボリするアイリレイアをミーナメーアは笑い飛ばす。

「いいのよ、結婚の誓いなんて、仕事を中抜けしてちゃっちゃと終わらせてきたんだから。両親達からは、もう少し落ち着いてできないの、って言われたけどね」

「二人とも忙しいので仕方ないと、ごり押しさせていただきました」

「ねー」

機嫌のいいフロイツの様子と、雰囲気が柔らかくなったミーナメーアに、アイリレイアは昔は喧嘩《けんか》っ早《ぱや》かったのに、変われば変わるものだなと感心する。

二人の睦《むつ》まじげな様子に、幸せであるのが手に取るようにわかって、アイリレイアも嬉しくなる。

「それで、うちの旦那様と一緒に帰ってきたってことは、そっちの仕事がらみかしら？　あっちょっと待って、本題に入る前に、ひとつだけ聞いてもいい？」

ミーナメーアは真剣な表情になると、アイリレイアの目をしっかりと見つめた。

「ねぇ、アンタの小舅は、どうしたの？　一緒にいないなんて、天変地異の前触れにしか思えないんだけど」

むかしから、アイリレイアのゴーレムのことを小舅呼ばわりするミーナメーアに、アイリレイアは苦笑しつつ結論のみを伝える。

「ごーれむタンなんだけど、名前をつけたら、人間になったの」

「……なにを言っているのかわからないわ。ゴーレムが、人間になった、って聞こえたんだけど、冗談で誤魔化《ごまか》すくらいなら、言えないって言ってよね」

スプーンを握りしめ、変な嘘をいったら承知しないわよ、と威圧感丸出しで椅子から腰を浮かせてアイリレイアに詰め寄るが、アイリレイアは慣れた様子で、彼女の両肩を押して椅子に座らせる。

「だから、本当だってば。ほらごーれむタンって、もともと規格外な存在だったじゃない？」

「それは、そうね」

「それでね、ごーれむタンを作った大魔導師が細工しててね、名前をつけたら人化する魔法がかけてあったんですって」

アイリレイアは、沈黙してしまったミーナメーアに不安になって彼女を見る。

アイリレイアの心細げな表情に気づいたミーナメーアだったが、難しい顔のまま人差し指をこめかみにあてる。

「……それで、人間になったゴーレムはどこにいったの？　まさか、人化したらアンタのことを放り出した、なんてことはないんでしょ？」

「勿論、そんなことないわよ！　ヴァイゼは、ああ、ごーれむタンの名前、ヴァイゼになったんだけどね、ヴァイゼは、ゴートと一緒に——あ、ゴートって、前に手紙に書いた、あの三日で大きくなった赤ちゃんなんだけど——」

「待って。ちょっと、待て」

目を瞑《つむ》り、眉間《みけん》に皺《しわ》を寄せたミーナメーアは、少しの間その格好で固まり、ひとしきり瞑目《めいもく》するともう一度目を開けてアイリレイアを見た。

「よし、続きをお願い」

「うん、それでね、その三日で大きくなったゴートは、そのまま一緒に生活するようになったんだけど。今回の依頼に、私の護衛ってことで、一緒についてきてくれたの。まだ若いのに、とっても強いのよ」

食事を挟みながら、アイリレイアのとりとめないはなしが続くが、ミーナメーアは意見を挟まずに、相づちをうちながらはなしを聞いている。色々と確認したいことだらけの二人の会話に、フロイツはぐっと堪《こら》え、愛妻の料理を静かに食べていた。

「それで、今回は盗賊のアジトの制圧の仕事だったんだけど、ごーれむタンがそっちを蹴散らしている間に、私のほうが狙われちゃってね。マミレグア王国に、ゴーレムの契約者である私を排除する仕事を依頼した人がいたみたいなの」

「……いつか、そうなるんじゃないかとは思ったけど。アイリレイアが無事でよかったわ」

苦しそうに言ったミーナメーアは疑問を口にする。

「それで、そのときはまだ、ゴーレムはゴーレムだったのよね？　じゃぁいったい、いつどんな理由で人間になったの？」

「ええと、盗賊のアジト制圧の仕事のあとで、ごーれむタンから、自分がいなくなればマミレグアの傭兵から私が狙われなくなるだろうから、契約を解除してほしいってお願いされて」

「まさか！　あのゴーレムがそんなこと言うなんてありえないわ！　……いや、アンタの身を守るためなら、ありえるかもしれないわね。それで、解除したの？」

心底驚いたあとに、少し考えて納得したミーナメーアは、アイリレイアに先を促した。

「ううん。ほら、ごーれむタンって名前を欲しがってたでしょ？　だから、私、契約を解除する前に、ヴァイゼって名前をごーれむタンにあげたの。そうしたら、人間になったのよね。ヴァイゼを作った大魔導師が、ごーれむタンを作るときに、契約者から名を授かったら人化する魔法をかけていたんですって」

もう一度、瞑目するミーナメーアに、アイリレイアは続きをはなすのはやめて食事を続け、彼女が目を開けるのを待った。

「よしっ、わかった。ゴーレムが、人間になったところまでは、飲み込んだ。続きをお願い」

「うん、そこからはあまり驚くようなことはないんだけれどね。契約の内容がごーれむタンの捕獲とかじゃなくて、召喚士《わたし》の抹殺みたいなのよね」

「そりゃ、あのゴーレムをどうにかするくらいならアンタを狙うわね。その前にひとついい？　いまのも十分、驚くはなしなんだけど！　アンタまだ、狙われてるんでしょ？」

睨むようにして言いきったミーナメーアは、誤魔化すようにへらっと笑ったアイリレイアを見て、彼女がまだ狙われているのだと理解して重い溜め息を吐き出した。

「よし、続き」

「今回一緒に行動していた部隊の隊長さんが、丁度ヴァイゼが人間になったときに一緒にいたんだけど、そのまま、隊長さんが色々考えてくれてね、王都に来ることになって――」

「待って。アンタ、また、局長にこき使われていたときみたいに、呑気《のんき》に流されてその隊長に使われてるんじゃないでしょうね」

ミーナメーアの鋭い視線に、アイリレイアは首を竦める。

いままでも散々注意されてきたことだった。局長には気をつけろ、言いなりになっていたらいいように使われる、ちゃんと意見を言いなさい。

仕事の関係で年に数回も会うことはなかったが、頻繁《ひんぱん》にやり取りしてきた手紙で、アイリレイアは何度もミーナメーアに叱《しか》られていた。

「ちゃんと自分の意見を持たないと。アンタ、いつの間にかろくでもない男に、いいように言いくるめられて、酷い目に遭いそうだわ」

真顔で言ったミーナメーアを、「そんなことないわよー」と笑い飛ばしたアイリレイアに、ミーナメーアはもう一度溜め息を吐いた。

「よし、続き」

「うん。それでね、私、狙われてるから、安全を考えて、その隊長さんのところで働くことになったの」

「働くって、やっぱり、また流されてるじゃない……っ」

頭を抱えるミーナメーアに、フロイツがそっと口を開く。

「ミーナメーア、実はその隊長というのが、わたしの部隊の隊長で、彼女はわたしのもとで働くことになったのだが……」

「アイリレイアが、旦那様の部下になるってこと？」

「彼女の命の危険がなくなるまでの、期間限定だが」

「命の危険、って。ゴーレムはなにしてるのよ、ゴーレムはっ」

フロイツの言葉に気炎を吐くミーナメーアに、アイリレイアは「ヴァイゼもゴートも、同じ部隊に入ったわ」と返されて唸《うな》った。

「彼等は、実働部のほうに所属していますが」

「ん？　旦那様はもう、例の三日坊主と人間ゴーレムに……ああ、ごめん。ゴートとヴァイゼだっけ？　その二人に会ったの？」

酷い呼びように、ムッとしたアイリレイアに謝罪して、ミーナメーアはフロイツに尋ねた。

「ええ、有望そうな青年達でしたよ。安心してください、うちの部隊は我が国でもかなり厳しいので、訓練すればそこらの兵士よりも強くなりますよ」

「それはいいわね、しっかりとアイリレイアを守れるようになってもらわないと！　それで、安全のために、今日からアイリレイアは我が家から仕事に通うようになる、って認識であってるかしら？」

「さすが、奥さん。はなしが早くて助かる」

惚《ほ》れ直してしまうなと囁《ささや》きながら、ミーナメーアの髪を一筋手に取りその毛先に口付けしたフロイツに、ミーナメーアは顔を赤くさせる。

あのミーナメーアが照れてる！　と内心驚いていたアイリレイアだったが、照れ隠しに怒られそうなので、決してそれを口に出すことはなかった。

食事を終えて寝る段階になって、ミーナメーアは「今日はアイリレイアと一緒に寝る」と宣言をし、強引にアイリレイアを客間へと引っ張っていった。

ベッドにアイリレイアと枕を並べたミーナメーアは、真剣な目をアイリレイアに向けた。

「確認するけど、人間になったゴーレムも、あの調子なのよね？」

「そうね。性格は変わらないみたいだわ」

毛布を口元まで引き上げたアイリレイアは、もごもごと同意する。歯切れの悪いアイリレイアに、ミーナメーアはこれはなにか問題があるのだろうとアタリをつける。

「それで、どんな顔なの？　ストーンゴーレムだから、やっぱり岩みたいな大男？」

「う……っ、お、大きいのは大きいわ。大きくなったときみたいに、凛々しいわよ」

「かっこいいの？」

ずばり聞いてきたミーナメーアに、アイリレイアは頬が熱くなるのを感じながら、頷いた。

「へぇー。アンタが、素直に認めるなんて、珍しいわね。それで、もうひとりの、ゴート君のほうはどうなの？」

「えーと、ヴァイゼとは違って、ちょっと線が細いけれど、異国風の雰囲気よ」

「それで、かっこいいの？」

うう っ……と唸りながらも、コクンと頷いたアイリレイアに、ミーナメーアは笑う。

「そっか、よかったじゃない。あとは、その二人が、ちゃんとアンタを守ってくれるかどうかを見極めなきゃね」

「ふふっ、ミーナメーアの審査は厳しそうね。でも、早く、二人に会ってほしい、な」

幸せそうに微笑《ほほえ》みながら、目を閉じて寝息になったアイリレイアの肩に毛布を引き上げたミーナメーアは「アンタが無事で、本当によかった」と微笑んだ。

＊　＊　＊

「ゴーレムがくっついてなければ、そう簡単にはわからないと思うけどね。念には、念を入れようか」

なにか思うところがあるのか、どこにマミレグアの傭兵がいるかわからないと危惧するミーナメーアの強い勧めで、アイリレイアは簡単な変装をすることになった。

黒縁の眼鏡を掛け、髪を横分けにして強人からもらった紅色の組紐《くみひも》でキチッと結び、女性文官用の立て襟のストイックな制服に身を包んだ。ミーナメーア曰《いわ》く、『デキルおんな』風に変装したアイリレイアは、ミーナメーアの指示により笑顔を封印して、キリッとした顔でハルクの執務室で働いていた。

「アイリレイアさん、これを五番でお願いします」

「五番ですね、承知いたしました」

アイリレイアは棚から五番の用箋挟みを取り出すと、フロイツに渡し、フロイツが書類を挟んで返してきた用箋挟みを受け取って魔力を込めた。

最初はちゃんとできるか毎回ドキドキして魔力を込めていたけれど、ここで働きはじめてもう三日、アイリレイアはこの用箋挟みをはじめ、この部屋にある魔道具をすっかり使いこなしていた。

そして勿論、給湯室の魔道具も使いこなし、手際よくお茶をいれたアイリレイアは、二人の机にカップを置く。

「失礼いたします」

「ありがとう、アイリレイア嬢」

「どういたしまして」

きびきびと礼をしたアイリレイアは、外から聞こえてきたかけ声に、眼鏡の奥の目を輝かせて窓のほうを見た。

「ああ、訓練の時間か。アイリレイア嬢、休憩《きゅうけい》にしていいぞ」

「はいっ」

ハルクの許可を得たアイリレイアは、小走りで窓に近づいた。

庁舎の三階にあるこの部屋の窓からは訓練場が一望でき、そこでは多くの兵士達と共に、ヴァイゼとゴートも同じ軍服に身を包んで訓練に参加していた。

一際背の高いヴァイゼと、屈強な兵士達に混じるとかなり小柄に見える黒髪の強人は、すぐに見つけられた。

既《すで》に庁舎と王宮の外周を走り込んできたらしい兵士達は、汗を輝かせながら、それぞれ自分の武器を手に訓練を開始する。

ゴートは愛用の刀を、ヴァイゼは槍《やり》を手にしている……きっと、例の空間から取り出した槍なんだろうと、アイリレイアは苦笑いする。そして、同じような武器を使う兵士に訓練をつけてもらっている様子に、アイリレイアは彼等が兵士達に受け入れられたことを察し安堵《あんど》した。

「二人とも素質があるな、副長も褒《ほ》めていた。特にゴートは、肉体的に多少のハンデはあるがすぐに実戦に出られる実力があるということだ。私のほうは、このまま彼らに部隊で働いてもらって構わないぞ、二人の軍籍をつくるくらいいわけないからな」

息抜きのために、アイリレイアの隣で訓練場を見ていたハルクの言葉に、アイリレイアは眼鏡のフレームを指先で持ち上げ、視線を彼に向けた。

「軍部に入隊するには、入隊試験に受からなければなりません。実技試験の他に筆記試験もありますから、腕が立つだけの人間は入隊するわけにはいきません。そもそも、規定を無視しての人事というのは、後々禍根《かこん》を残すものです。本人達のためにもなりません」

アイリレイアは自分の身を省《かえり》みて、きっぱりと言い切った。

「う、うむ、忠告痛み入る。それにしても君は、眼鏡を掛けると、少々性格が変わるな」

戸惑い混じりのハルクの言葉に、アイリレイアは真顔で頷く。

「ええ、新しい自分を発見できて、大変たのしいです」

変装の仕上げとして、ミーナメーアから笑顔禁止令を出されたアイリレイアは、しっかりとその言いつけを守っていた。

笑顔が消えると、雰囲気ががらっと変わる。

彼女の身の安全を考えると、一見別人に見えるこの変装はいいことなのだが。ハルクとしては、眼鏡を掛けていないときのアイリレイアの明るい笑顔が恋しかった。仕事が立て込んでいると余計にそう思ってしまう。

「ああそうだ、明日は休みだから、ゆっくりと休むといい」

窓から離れ際にハルクに肩を叩かれ、アイリレイアは数度目を瞬かせた。

＊　＊　＊

「アイリレイアー、おつかい、お願いしてもいい？」

書斎から顔を出して手招きするミーナメーアに、居間で彼女から借りた本を読んでいたアイリレイアは本を持ったままミーナメーアの書斎へと向かう。

「外出は駄目だと思うけど。どうしたの？」

フロイツの配慮でミーナメーアと休みが一緒になったものの、命を狙われているために外出などはせずに、大人しく本を読んでいた。

最初の襲撃と、王都への道中に魔獣に遭遇して以降、あちらからの干渉はないが。だからといって、命が狙われなくなったという確証もまだない。

「じゃーん！」

効果音と共にミーナメーアが取りだしたのは、一枚のワンピースだった。可愛らしいその服に目を輝かせたアイリレイアにそれを押しつけて、急《せ》かして着替えさせたミーナメーアは、あれよあれよという間にアイリレイアの髪を結い上げ、化粧をほどこす。

田舎娘丸出しだったアイリレイアは、すっかりと洗練された都会風お嬢様に変身していた。

そんな自分の姿を全身が映る姿見で見たアイリレイアは、自分の頬に手を当てて目を丸くした。その彼女のうしろに立ったミーナメーアは得意げに、にんまりと笑う。

「どう？　素材はいいんだから、ちゃんと活かさなきゃ勿体《もったい》ないわよ」

「ミーナメーア、凄いわ！　こんな特技があったのね！」

目をキラキラさせて見上げてくるアイリレイアに、ミーナメーアは小さな洒落《しゃれ》たカゴを持たせると、彼女の頭に帽子を乗せた。

「さぁ、これで変装は完璧よ。時間がないわ、アイリレイア、お菓子の浮き船屋は知っているわね？」

「え、ええ」

アイリレイアの両肩に手を置いたミーナメーアは、真剣な表情になる。

「今日の午後から新作のお菓子が発売になるの」

「……まさか、それを買ってこいと……？」

ミーナメーアの真剣な目に、アイリレイアはゴクリと唾を飲んだ。


ミーナメーアのお願いに屈したアイリレイアが腹を括《くく》って家を出ると、そこには見慣れた軍服ではなく、洒落た中折れの帽子をかぶりシャツにベストといった紳士然とした服装のヴァイゼと、細身のズボンにシャツの袖を捲っている少しラフな格好をした強人が立っていた。

「アイリレイア！」

強人はアイリレイアを見つけると、パァッと顔を輝かせ、ヴァイゼと共に近づいてくる。

「二人とも、一体どうしたの？」

「あの二人は、アンタの護衛よ」

一緒に玄関に立っていたミーナメーアが、アイリレイアの肩をポンと叩くと、一歩前にでてきらりと目を光らせてヴァイゼと強人を見た。

「いらっしゃい、やっと会えたわね」

「ミーナメーア……」

　鋭いミーナメーアの視線に、ヴァイゼの顔があからさまに歪《ゆが》む。

　それを見て、ミーナメーアがニヤリと笑った。

「ああ、アンタがヴァイゼね。ふふん、いい男になったじゃない。これが、あの陰険粘着質ゴーレムだとは思えないわね」

「貴方《あなた》だって、魔法学校在学中は、アイリレイアにあることないことを吹き込んで、きっちり男共から遠ざけてたではないですか。あの手腕は、わたくしには到底真似できませんよ」

　長身のヴァイゼが見おろし、ミーナメーアの切れ長の目が睨みあげる。

「陰険粘着……あることないこと……」

　二人の言葉の応酬に、心当たりがあったアイリレイアは遠い目をする。

　一触即発の雰囲気だったが、ヴァイゼとミーナメーアはひとしきり睨み合うと、同時に吹き出して固く握手を交わした。

「久しぶりだね。アンタとこうして握手できる日が来るとは思わなかったよ。そっちの、三日……じゃないや、ゴート君もよろしく、あたしはアイリレイアの親友のミーナメーアだ。今日はアイリレイアのエスコート、頼んだよ！」

「はい、承知しました」

「言われるまでもない」

はきはきと返事をする強人と、クッと顎をあげて片頬で笑うヴァイゼにミーナメーアは頬を引き攣《つ》らせながら、アイリレイアの背を押す。

「ヴァイゼはともかく、ゴート君はいい子じゃないか。さ、楽しんでおいで」

「ええ！　いってきます」

二人に挟まれ、笑顔で手を振るアイリレイアに、ミーナメーアも手を振り返す。

「新作クッキー忘れないでね～」

結局それは買ってくるのかと、アイリレイアは苦笑いしながら、町へと向かった。

小さな船の看板を掲げる菓子店にできた行列に、アイリレイアは強人と二人で並んでいた。

ヴァイゼは体格がよく、邪魔になるので近くの小陰で二人を待っている。

「凄い人気のお店だね」

感心したような強人の声に、アイリレイアも頷く。

「今日は新商品の発売日なんですって」

「だから、こんなに混んでるんだね。ああ、久しぶりのアイリレイアだ、元気だった？」

さり気なく手を繋いだ強人は、にこにこした顔でアイリレイアを見おろす。

「ええ、元気よ。ゴートもヴァイゼも、いつも執務室から訓練してるの見てたけど、久しぶりに会えて嬉しいわ」

「うん、俺も、嬉しい。アイリレイアが見てたの気づいてたよ。訓練中は手を振ったりできないから、ごめんね」

少しションボリとする強人だったが、ハッと気づいたようにアイリレイアを見た。

「そうだ、言いそびれてたけど。今日のアイリレイア、とっても綺麗だね。いつもは可愛いけど、今日は綺麗だよ」

真っ直ぐに褒めてくる強人に、アイリレイアは顔を赤くする。

「あ、ありがとう。なんだか照れちゃうわね。あ、順番が回ってきたわ、ミーナメーアのお土《み》産《やげ》を買わなくちゃ」

はなしを逸《そ》らすように、新作のクッキーを手当たり次第に包んでもらったアイリレイアは、戦利品を手にホクホク顔で店を出ると、菓子店の横に立つヴァイゼを遠巻きに、チラチラと見る女性達の輪ができていた。

大柄で硬質な雰囲気の彼に声をかける猛者《もさ》はいないようだが、ヴァイゼも視線が煩《わずら》わしいのか憮然とした顔で立っている。

「お待たせっ、ヴァイゼ」

待たせすぎたかと、小走りで駆け寄るアイリレイアに、ヴァイゼは表情を緩めた。

「お帰りなさいませ、アイリレイア」

凜々しい顔に微笑みを浮かべたヴァイゼに、周囲から溜め息が零《こぼ》れる。

周囲から注目されていることに気づいた強人は、その場を離れるべく二人の手を引いて歩き出した。

「二人とも、目立ったら駄目だろっ」

「……ゴートに言われたくはないな」

ヴァイゼの呆れ混じりの声のとおり、ヴァイゼとは違ったしなやかな青年である強人に寄せられる視線も多かった。

「二人とも、かっこいいものね」

くすくす笑いながら言うアイリレイアも、ミーナメーアの手腕で今日はまるでお嬢様のように可憐《かれん》で、多くの男性からの視線を集めている。

「ここまでくれば、大丈夫かな」

二人の腕を引いて歩いていた強人は、中央公園の木々の間で足を止め、汗を拭《ぬぐ》った。

「二人ともちょっとここで待ってて、さっき飲み物の屋台を見つけたから、買ってくる」

そう言って小走りでいってしまった強人を見送る。

「ちゃんとお金を持ってるのかしら。ひとりで持ちきれないわよね、やっぱり私も――」

強人を追おうとしたアイリレイアは、逞しい腕に抱きしめられた。

「アイリレイア……四日もあなたに会えず、とても寂しかったです」

木々があるので目立たないとはいえ、突然の抱擁《ほうよう》にアイリレイアの頬は一瞬で赤くなる。ヴァイゼはその顎を指ですくうと、アイリレイアの赤くなっている顔を見て魅力的な笑みを浮かべた。

あまりにも甘いその笑顔に、アイリレイアは一瞬見惚《みと》れて、それから菓子店の外で女性達の視線を一身に受けていた彼を思い出し、なんだか胸がむかむかとした。

「なんで、こんなにかっこよくなっちゃったのかしら」

拗《す》ねたように口を尖《とが》らせるアイリレイアに、ヴァイゼは彼女の手を取ると、その指を絡《から》めるように手を繋いだ。

「かっこいいのはよくないですか?」

戸惑うような声で囁いたヴァイゼに、アイリレイアは心配そうな顔をする彼をチラリと見上げて、視線を逸らした。

「だって、みんな、あなたを見てるじゃない。あなたは、私の——」

私のゴーレムなのに、と言いかけて、アイリレイアは咄嗟《とっさ》に口を噤《つぐ》んだ。もう、契約で結ばれてはいないのだと、気づいたから。

気づいてしまえば、怖くなる。

もう彼と繋がる唯一無二の絆《きずな》はなく、お互い別々の人間なのだと。ヴァイゼはアイリレイアのものではないのだと、理解してしまった。

ヴァイゼと繋がっている手に、思わず力を込めたアイリレイアが縋《すが》るような目で彼を見上げたそのとき。

「ヴァイゼッ！　抜け駆けは禁止だって、言ってるだろっ！」

二人のただならぬ様子に、買い物から戻った強人がヴァイゼに対して牽制《けんせい》してから、買ってきた飲み物を二人に渡す。

「ありがとうゴート」

三人は木陰に陣取り、強人の買ってきた飲み物と、アイリレイアが多めに買っておいたクッキーをつまんだ。

「へぇ、それじゃ、フロイツさんからの指示なのね？」

今日のことを仕組んだ人物を知って、アイリレイアは納得した。もしかしたら、そのフロイツに入れ知恵したのはミーナメーアかもしれないが。

「町中で軍服は目立つから私服でって指示もあったけど、これじゃまるでデートだね」

「そうですね、ゴートがもう少しゆっくり飲み物を買ってきてくれれば、もっと、アイリレイアとのデートを楽しめたんですが」

ヴァイゼの言葉に強人が目を怒《いか》らせる。アイリレイアは、ヴァイゼもデートをしたいと思ってくれていたんだと知って、心が軽くなるのを感じた。

「三人でもいいじゃない。デートしましょうよ」

アイリレイアは立ち上がると、左右の手でそれぞれヴァイゼと強人の手を取って引っ張りあげた。

それから三人は、メイン通りの店先を冷やかして歩いたり、中央公園の屋台で買い食いをしたり。ずっと笑顔のアイリレイアにつられて、ヴァイゼも強人も頬を緩めていた。

買い食いの腹ごなしに、ゆっくりと公園を歩いていた三人だったが、ある瞬間、強人とヴァイゼが鋭く一点を見つめた。

「どうし……」

二人の様子に驚いたアイリレイアだったが、視線の先にいた人物を見て息を飲んだ。

あの日食堂でエイルと共にいた、商人の風体《ふうてい》をした男がこちらを見ていた。

「あの殺気は……」

「ああ、エイル＝ハムロックと繋がっている、マミレグアの人間だっ」

ヴァイゼの問いかけに低い声で答えた強人が、アイリレイアの手を振り切って走り出した。

「ゴートッ！」

驚いて強人を追いかけようとするアイリレイアを、ヴァイゼが腕に囲って引き留めた。問うように見上げてくるアイリレイアを安心させるように、ヴァイゼは彼女の背を撫でる。

「アイリレイア、ゴートならば大丈夫だ。深追いはせずに戻ってくる」

「でも……っ」

ヴァイゼは近くの木陰に、ふらつくアイリレイアを抱えるようにして移動させると、抱きしめて安心させるようにゆっくりとその背を撫でた。

少しの間、その手に癒やされていたアイリレイアだったが、ハッとここが公園だったことを思い出して慌てる。

「ヴァ、ヴァイゼ、こんな人の多いところで……」

「大丈夫、わたくしに隠れて見えませんよ」

ヴァイゼは木と自分の大柄な体で隠すようにしたアイリレイアを見おろすと、その細い顎を掬《すく》うように指先で持ち上げ、ポカンと小さく開いていたその唇に自らの唇を重ねた。

突然の口付けに目を見開いたアイリレイアを見つめながら、ヴァイゼは薄く開いていた彼女の唇に舌をねじ込ませ、舌に舌を絡める。

「んん……っ」

息苦しげにヴァイゼの腕を叩くアイリレイアから、僅《わず》かに唇を離したヴァイゼだったが、彼女が一呼吸したのを認めると、さらに深く唇を合わせた。

どちらのものともわからない唾液が口の端から零れ、アイリレイアは無意識にコクリと口のなかに溜まっていたものを飲み込む。

ヴァイゼは彼女が自分の唾液を飲み込んだのを確認すると、ゆっくりと唇を離した。

「な……んで……」

突然の口付けに戸惑うアイリレイアの濡《ぬ》れる唇を指で拭ったヴァイゼは、彼女の耳元に顔を近づけた。

「アイリレイア。これで、わたくしはいつでもあなたの側に――」

そう囁くと、呆然《ぼうぜん》とするアイリレイアの手を引いて、公園に戻ってきた強人と合流すべく、歩き出した。

公園で例の男を見つけたことを報告するために、ハルクの執務室へ直行した三人は、丁度いいところに来たと歓迎された。

「明日、エイル＝ハムロックが証人喚問《かんもん》されることが決まった」

ハルクの言葉に、ヴァイゼと強人の表情が引き締まる。

「これでケリが付けばいいのですが」

「そうだな」

ヴァイゼの言葉にハルクが同意し、胸の前で祈るように両手を重ねたアイリレイアも頷いていた。

終章

魔法省の総轄《そうかつ》の名で、エイル＝ハムロックが呼び出された。

彼がどこに潜伏していたのかといえば。潜伏していたわけではなく、彼は実家であるハムロック家の当主である長男に呼び出され、王都の屋敷にいたのだ。

当主が、あまりに使い込まれる金について、王都に呼び寄せたエイルを問いただすと、彼は悪びれもせず、一覧にされた出金の用途についてぺらぺらと告白していき、最後にはそれらすべて自分が昇進するために必要なものだと言い切った。

「確かにうえを目指すならば、汚い金も必要なのは認める！　だが、魔法学校を卒業するために散々金を出してやっただろう！　なんだこの、傭兵《ようへい》代というのは！　きさまは戦争でもするつもりかっ！」

その法外な金額に、額に青筋を立てた長兄《ちょうけい》に、エイルは小馬鹿にした顔を向ける。

ハムロック家で唯一、魔法を使う才能を持って生まれたエイルは、十人兄弟の末弟として甘やかされて育ったこともあり。時折、自分を育ててくれた兄達にすら、馬鹿にするような態度を取っていた。

「暗殺代としたほうがよろしかったかな？　私がかの有名な最強のゴーレムを使役することができれば、その程度の金など、すぐにお返しできることがわからないのですか？　召喚士の女さえ消せば、あのゴーレムが私のものになるのですよ」

狂った色を見せるエイルの目に当主は危険なものを感じ、エイルの頭が冷えるまで屋敷に軟禁することを決めた。

そして、そうこうしているうちに、魔法省から出頭命令が出て、当主は冷や汗をかきながらエイルを伴って魔法省へ出向くことになる。

エイルへの事情聴取は、総轄である国王陛下直々《じきじき》の指名で、魔法局長主体で進められ。指名されたことで必要以上にやる気を見せた彼のお陰で、それは半日を過ぎても終わらず、エイルの大小さまざまな罪が暴かれてゆく。

そして、多額の賄賂《わいろ》を受け取っていたペイドン召喚局長の進退も、エイルの自白により決定付けられた。

「金を積んでいたのはわかっていたが、まさか、召喚局の人事に口をだしていたとはな。今回の休暇《きゅうか》中のアイリレイアへの仕事の依頼も、ヤツの指図だったようだ」

自身の執務室で、定期的に聴取の内容を書記官から受け取っていたハルクは、新たにもたらされた情報に、皮肉げに片頬をあげる。

「ペイドンも大概だな、陛下の命令よりも金を優先することの意味をわかってないのか、あの俗物め。だがこれで、辛《かろ》うじて繋《つな》がっていた首の皮が、確実に離れたな」

「それは、幸いですね」

悪い顔をして笑うハルクとフロイツに新しいお茶をいれてから、アイリレイアは執務室の戸口の両脇に立つ二人の兵士に視線をやる。

アイリレイアに向けて人懐《ひとなつ》こい笑みを浮かべる強人《ゴウト》と、ひたすら柔らかな視線でアイリレイアの姿を目で追っているヴァイゼがいる。

あくまで護衛の兵士の立場なので、二人とも無駄口を叩《たた》くこともなく、真面目に仕事をしているのだが、アイリレイアは昨日の口付けを思い出し、ヴァイゼを直視できず視線を彷徨《さまよ》わせて、逃げるように給湯室に入っていった。

執務室のドアがノックされ、伝令の兵がもうすぐ聴取が終わることを知らせにきた。

「さてと、では次は我々の時間だな」

ハルクは立ち上がると、いつもは脱いでいる制服の上着をきっちりと着て、当事者であるアイリレイアと護衛としてヴァイゼと強人を、そして書記としてフロイツを連れて、エイルが尋《じん》問《もん》されている部屋へと向かった。

中央に置かれた長机の向こうにエイルは座っている。ハルクがその正面の椅子に座り、フロイツは壁際に別に置かれていた書記用の机につく。

魔法省の長時間の取り調べが終わったエイルは憔悴《しょうすい》した面持ちだったが、アイリレイアを見つけると、充血した目で彼女を睨《にら》み付けた。

エイルの血走った視線に、アイリレイアは脅《おび》えるように半歩下がってハルクの陰にかくれるように立ち、護衛のヴァイゼと強人はハルクの左右に立った。

「エイル＝ハムロック。マミレグアの傭兵へ彼女の殺害依頼をしたことは裏が取れている、ただちにその依頼を解除せよ」

ハルクの言葉を聞いて、エイルの顔が馬鹿にするように歪《ゆが》んだ。

「かの傭兵国が、なぜあそこまで成長したのか、ご存じないのか？　それは、かの国が、必ず任務を遂行するからだ。必ず、アイリレイア、貴様を――」

エイルの言葉を遮るように、ハルクの膝《ひざ》が長机の天板をガンッと蹴《け》り上げる。頑丈な机は揺れただけで壊れなかったが、エイルは顔を青くして口を噤《つぐ》んだ。

「もう一度、言うぞ。マミレグアとの契約を、解除しろ。確認やお願いじゃない、必ず成せと言ってるんだ」

いまにもエイルの襟首に掴《つか》みかかりそうなハルクが、どすの利《き》いた声で脅《おど》しつけると。エイルは椅子から転がり落ちて、うしろの壁まで尻で後退《あとずさ》ると、見開いた目をキョロキョロと彷徨わせ、ハッとするとぎょろりとした目をハルクに向けた。

「私が、なぜ、貴様のような兵士風情に、命令されねばならんのだ……っ」

ぶつぶつと言いながら、エイルは服のしたから一粒の大きな魔力石をあしらった無骨なペンダントを引っ張りだすと、よろよろと立ち上がり、壁にペンダントを押し当て、アイリレイアに怒りのこもった目を向ける。

「――それもこれも、悪いのは貴様だ、アイリレイア＝セルベント、貴様が私にゴーレムを渡していれば、私はこんなことをせずに済んだのだ！　貴様さえいなければっ！」

エイルは怒りに満ちた目をぎょろりと見開くと、ペンダントの魔力石に彫られた簡易魔法陣へと思い切り魔力を注ぎ込んだ。

その瞬間、魔法陣からほとばしった魔法が壁を派手に破壊すると、エイルが思いも寄らぬ身軽さで身を翻《ひるがえ》して脱出をはかり、一拍遅れてアイリレイア達のうしろのドアが蹴り破られ、マミレグアの傭兵が入り込んできた。

「きゃぁっ！」

「アイリレイア！」

強人もヴァイゼも乱入してきた傭兵達に阻《はば》まれ、連れ去られるアイリレイアをどうすることもできない。

「アイリレイア！　召喚をっ！」

「ヴァイ……ッ――」

ヴァイゼの叫びを聞いたのを最後に、アイリレイアは後頭部に衝撃を受けて気を失った。

＊＊＊

アイリレイアはズキズキと痛む頭に顔を顰《しか》めて目を覚ましたが、両手足を縛られているのを理解すると、目覚めたのを気づかれないほうがいいだろうと、そのままの姿勢で周囲の様子を窺《うかが》った。

「――それで、エイル様どうしますか？　追加の料金をお支払いいただけましたら、すぐにでも依頼を完遂いたしますよ」

綺麗《きれい》な公用語が、少し離れた場所から聞こえてきて、アイリレイアはうっすらと目を開けたのだが、少し離れたところにいた商人の風情をしたマミレグアの傭兵である男と目が合い体をかたくした。周囲には他にも覆面《ふくめん》をした傭兵達がいて、アイリレイアは血の気が引く。

アイリレイアに背を向けているエイルは彼女が目覚めたことに気づかず、声を荒げる。

「か、金は払っただろう！」

「残念ですが、貴方《あなた》が焦《あせ》ったせいで彼女の警備が強化されました。お陰で計画が狂い、こちらにもかなりの損害が出ております。そちらの瑕疵《かし》による被害については、その賠償を求める権利を有する旨《むね》を契約書にも明記してありますよ」

目覚めているアイリレイアについてはなにも言わず、男はエイルを刺すような目で見た。

「こちらの被害は、前途のある新兵五人が死亡、他にも七人が重傷で傭兵としての復職は絶望的なためこちらも、実質の死亡とみなし、合計十二名が犠牲となりました。契約時に余計なことはしないようにと申し上げていたと思いますが、なぜ？　と問うてもよろしいですか」

「お、お前達が一向に仕事をせんからだろうが！　だから私が、場を用意してやったのだ！」

エイルの言葉に、周囲の傭兵達の殺気が増し、男は疲れたように溜《た》め息を吐く。

「こちらも命がけですから、下調べを入念にしておりましたのに……。ところで召喚士のお嬢さん、最近あなたのゴーレムを見かけませんが、どうなさったのですか？」

男に話を振られて、アイリレイアはびくっと肩を竦《すく》めた。

「お、おまえ、目が覚めて……っ」

掴みかかろうとするエイルを、傭兵のひとりが襟首を捕まえてうしろに引き倒すと、商人風の男がアイリレイアに近づいて丁寧《ていねい》な動作で上体を抱き起こして座らせた。

廃屋《はいおく》のような部屋の中で埃《ほこり》っぽい床に座ったアイリレイアは、見おろしてくる男の感情のない目に気圧《けお》される。

「ゴーレムはどうしたんですか？」

再度促《うなが》されて、アイリレイアは床に視線を落とした。

「ゴーレムは……自分がいるから私が狙われると言って。私に契約を解除してほしいと……。ゴーレムは、もう、いません……」

「な、な、なんだと？　おま、お前は、あのゴーレムの価値をなんだと思ってっ！」

言葉を濁したアイリレイアにエイルは目を剥《む》き、男はくっくっと肩を震わせて笑った。

「価値をわかっているからこそ、手放したのでしょう。賢明な判断ですが、少し遅すぎましたね、召喚士のお嬢さん」

男は愕然《がくぜん》としているエイルに向き合うと、もう一度質問を繰り返した。

「追加料金をいただけますか？　いただけるのでしたら、いますぐ、彼女を殺しましょう」

アイリレイアは驚いて男を見上げ、どうするつもりなのかとエイルを見れば、彼の血走った目と目が合った。

「ひ……っ」

縛られた手足で、必死に後退る。

「もう……金など、ない。ゴーレムも、ない。おまえの、おまえの、せいだ」

アイリレイアにゆらゆらと近づいてくるエイルを、腕を組んだ男が感情のない目で眺めている。両手を前に突きだして近づいてくるエイルも恐ろしいが、ゴーレムの召喚士である自分を恨んでいるであろう覆面の傭兵達も恐ろしかった。

アイリレイアは強く目を瞑《つむ》ると、いままでの人生が走馬燈のように駆け巡る。両親や弟達のこと、そしてゴーレム、強人……最後にヴァイゼと交わした口付けの熱さを思い出して、ぽろりと涙が一粒零《こぼ》れ落ちた。

いつだって一緒にいた、ずっと一緒にいるものだと思っていた。胸の中がヴァイゼでいっぱいになり、連れ去られる間際に聞いたヴァイゼの言葉を思い出した。

——アイリレイア！　召喚を……っ！

いつだって、意味のないことはしない彼の言葉に、アイリレイアはハッとする。

昨日突然された、唾液を交わすような口付け、あれはまるで『対象の成分を自身に取り込ませる』ような……。

召喚するには、対象となるものの成分を召喚士が取り込んでいなければならない。昨日口付けで渡されたヴァイゼの成分は、まだアイリレイアの身の内にあるはずだった。

「そう、そうなのね。わかったわ、ヴァイゼ」

どれほどの魔力がいるのかわからない。アイリレイアは、人間を喚《よ》ぶなんて事例を聞いたことがなかった。

魔力の消費に、対象の大きさはあまり関係がない。だけど、知能を持つものを召喚するのには、ないものよりもずっと魔力を使うことは知られている。

人間を喚ぶなんて、無謀なことだとわかっている。だけどアイリレイアは、喚べと言ったヴァイゼを信じた。

瞼《まぶた》をあげたアイリレイアの瞳が強く輝く。

アイリレイアはゆっくり呼吸すると、近づいてくるエイルを見据えながらも、しっかりと顔をあげ、口を開く。

「我、望む——」

目一杯の魔力を乗せて、言葉を紡ぐ。

召喚魔法に呼応して、体中の魔力が荒れ狂う。

髪の毛が逆立ちそうなほど、ゾクゾクと皮膚がざわめき、魔力が出口を求める。

「——ヴァイゼよ、来い！」

アイリレイアの身の内で高まった魔力が、召喚魔法という通り道を見つけて一気に体から溢《あふ》れ出した。

必死で正気を保ち、目を見開いているアイリレイアの前に、魔力が可視化した光の粒を纏《まと》った軍服姿のヴァイゼがあらわれる。

床より少し高い位置に出現したヴァイゼは、慌《あわ》てることなく軽い音をたてて地面に立ち、伏せていた瞼をゆっくりとあげた。

まるで戦いの神のように、荘厳《そうごん》な姿だった。

そのあまりに幻想的な登場に、アイリレイアは息をするのも忘れてヴァイゼを見つめ、ヴァイゼは見上げてきたアイリレイアに微笑《ほほえ》むと、彼女の前に跪《ひざまず》いた。

「よくぞ、召喚してくださいました。アイリレイア、あなたへ勝利をお贈りします」

光の粒が消えたヴァイゼの微笑みを見て、アイリレイアの目から涙が溢れる。ヴァイゼは彼

女の涙を指で拭《ぬぐ》うとゆらりと立ち上がり、顔を真《ま》っ青《さお》にしたエイルと傭兵達を睥睨《へいげい》する。

「彼女に恐怖を与えた罪、その身を以《もっ》て償ってもらうぞ」

ヴァイゼの怒りに満ちた視線を受け、エイルはガタガタと震える。

「ば、ば、ば、馬鹿な、人間を召喚するなど、できるはず……あ、ありえないっ」

否定するように小刻みに首を横に振り後退るエイルを戦力外だと判断したヴァイゼは、一番近くにいた傭兵二人のみぞおちに、鋭い蹴りを打ち込んで吹っ飛ばし、アイリレイアを背に守るように立った。

「ひぃっ！　お、おまえっ！　金は払う！　あれを、あの男をやっつけてくれっ！」

「邪魔です」

「ぐぁっ」

エイルは這々《ほうほう》の体《てい》で商人風の男に縋《すが》ったが、乱暴に振り払われ、無様に床に転がる。

マミレグアの傭兵達は手に手に武器を持ち、隙《すき》なくヴァイゼの周囲に展開した。

「少々お待ちくださいね、アイリレイア。すぐに片を付けますから」

そう言うと、背に手を回してよく磨かれたジノージの剣を取り出し、構えた。

唯一泰然《たいぜん》としていた商人風の男がヴァイゼが剣を持ったのを見て顔つきを険しくする。

「イング、リィベス」

異国語で短く発せられた張りのある男の声に、周囲の覆面達が一斉に武器をおろし、そのままの姿勢で動きを止める。

ヴァイゼは胡乱《うろん》な視線を号令を発した男に向けると、平時はにこにこと胡散臭《うさんくさ》い商人面をしていた男は、別人のように真剣な表情でヴァイゼを見据えた。

「こちらは、あなたと戦いたくないと思っています」

綺麗な公用語と共に切り出された言葉に、ヴァイゼは目を細める。

「アイリレイアの敵は我が敵。貴様等《ら》が彼女を狙っている限り、この剣は引かぬぞ」

「こちらは既《すで》に契約が切れておりますので、そちらの召喚士にはもう手出しはいたしません。そちらにいる元雇い主も、もはや我々との縁は切れております」

男の冷たい視線を受け、這《は》いずって部屋から逃げだそうとするエイルを、男が首根っこを捕まえて引き立てる。

「お金ができましたら、またご用命ください。今回の契約違反がありますので、次回からは通常の五割増しでしかお受けできませんことをご承知置きください。では、ご機嫌よう」

綺麗な公用語でエイルに無慈悲な別れの挨拶《あいさつ》を送った男は、エイルをヴァイゼへ投げつけ、同時に鋭い口笛をひとつ吹くと、部屋の窓を蹴り抜いて飛び出した。

エイルを投げられてヴァイゼが一拍足止めされた隙に、他の傭兵達も部屋から消えていた。

ヴァイゼは舌打ちをしたものの、マミレグアがアイリレイアから手を引いたことを理解して安堵《あんど》し、残されたエイルと対峙《たいじ》した。

「覚悟はできたか、エイル＝ハムロック。我が最愛なるアイリレイアの命を狙った罪、その身を以て償え」

ヴァイゼはゆっくりと剣先をエイルへ向けた。

「ひ、ひ、ひぃぃぃぃ………」

エイルの顔面からサーッと血の気が引いたかと思うと、そのままバタンと音を立てて倒れ、ピクリとも動かなくなった。

「気絶してしまいましたか。根性のない男ですね」

ヴァイゼは剣を背に納め、代わりに出した縄でエイルを縛り上げると。アイリレイアの縄を解き、右手を胸に当て跪いた。

「傷を得ることなく御前に戻りました」

胸に当てていた手をアイリレイアへと伸ばすと、その細い顎《あご》を指先ですくいあげる。

ゆっくりと顔を近づけるヴァイゼに、アイリレイアは逃げることもできずにドキドキしながら近づいてくる凜々《りり》しい顔を見つめていた。

そのアイリレイアの耳に、剣戟《けんげき》の響きと不穏な叫び声、そして床を蹴る音がどんどん近づいてくる。

「大丈夫かっ！　アイリレイア！　ああああっ！　ヴァイゼッ！　抜け駆けはなしだって、言ってるだろぉっ！」

ドアから飛び込んできた強人が瞬時に状況を把握し、ヴァイゼを突き飛ばして、アイリレイアを背に仁王立ちする。

「あれ？　こっちに、傭兵はいなかったのか？」

落ち着いて室内を見まわした強人は、床に転がっているエイルだけしかいないことに首を捻《ひね》っていた。

アイリレイアはホッとしたような、残念なような気持ちに戸惑いながら、壁を伝ってよろよろと立ち上がった。

「いたけどもう、逃げちゃったわ。エイル様との契約がなくなったみたい」

「逃げた？　ああ、さっきの口笛が合図だったのかな。急に覆面の奴らが引いたから、どうしたのかと思ったんだけど」

「あいたたた……。そういえば、ゴートはアイリレイアが捕らえられてすぐに姿を消していましたが。一体どうやって、この場所を？」

突き飛ばされたときに打った腰をさすりながら聞いてきたヴァイゼに、強人はアイリレイアとお揃《そろ》いで髪を縛っている組紐《くみひも》を示した。

「この紐は同じ蚕の糸を使って作られた組紐で、お互いを引き寄せる力があるんだ。っていうか、なんで俺よりもヴァイゼのほうが早く着いてるんだ？　あっ！　このペンダント、こいつが壁を壊すときに使ってた道具だろ？　取りあげておかないと駄目じゃないか！」

強人は、転がっているエイルの首にかかっていた魔力石のペンダントを見つけると、慌ててそれを外す。

「それに、手の縛り方がなってない。こんなんじゃ、親指の関節を外したらすぐに抜けちゃうだろ。こういうのは、ちゃんと手の間にも紐をとおして、こう、こう、こうっ」

「なるほどな、ふむ」

強人が気絶しているエイルの手の縄を縛りなおすのを、ヴァイゼは近づいて興味深そうにのぞき込んでいる。

アイリレイアは強人の言葉に首を傾《かし》げる。

「ねえ、ゴートの世界には、魔法はないんじゃなかったの？　この紐って魔法よね？」

「これは魔法じゃなくて、呪《まじな》いっていうんだ。大地や生命の力を使って行使されるから、魔力を使う魔法とは違うよ。って！　あぁっ！　ヴァイゼッまた、アイリレイアにくっついてる！」

立ち上がったヴァイゼが当然のように、アイリレイアの腰に手を回しているのを見つけた強人が柳眉《りゅうび》を吊《つ》りあげる。

「少し魔力を使いすぎちゃったから、ヴァイゼが支えてくれてるだけよ」

疲れを見せて笑うアイリレイアを横目で見たヴァイゼは、腰に回していた手に力を込めて抱き寄せた。

「あーっ！」

「わたくしは、好機を逃がしませんから」

ヴァイゼが調子に乗ってアイリレイアの髪に頬ずりすると、面白いぐらいに強人の顔が赤くなる。

その様子に、アイリレイアは目を丸くしてからくすくすと笑った。そして、まだふらつく体をヴァイゼに支えられたまま、強人に向かって片腕を広げた。

「ゴートも、支えてくれる？」

アイリレイアの言葉に、ヴァイゼもニヤッと笑ってアイリレイアの腰を抱いているのとは逆の腕を強人に向けて広げる。

「ゴート、強がらず、素直になったほうがいいですよ」

虚を突かれたような顔をしていた強人は、ヴァイゼの言葉に顔を顰めた。

「つ、強がりってなんだよっ」

「いいから、おいで」

ヴァイゼに腕を引かれて二人に抱きしめられた強人は、一瞬泣き笑いのような顔を見せた。

「くそっ、子供扱いかよっ！」

そう言いながらも二人を抱きしめ返す強人に、アイリレイアは楽しそうに笑い声をあげた。

＊　＊　＊

エイルと重傷を負って逃げ遅れた数名のマミレグアの傭兵は、ハルクの部隊の兵士に連行され、牢屋《ろうや》に直行することになった。

そして、アイリレイア達三人はハルクの執務室へと戻っていた。

「なるほどな……ヴァイゼを召喚して、事なきを得た……と」

執務机に両肘をついて組んだ手に額を乗せて俯《うつむ》いたハルクが、溜め息を吐き出すのを見て、アイリレイアが追加で報告する。

「それで、あの、マミレグアの傭兵は、エイル様から追加料金をもらえなかったので、そのまま逃げてしまいました。エイル様が勝手なことをしたから、仕事が失敗したというようなことも言っていて。……もう、彼から仕事を受けるつもりはないようです」

「ということは、アイリレイアさんの身の危険は去ったということですね」

フロイツの言葉にアイリレイアは「はいっ」と元気に返事をした。

「人間を召喚なんて聞いたこともない。そんなこと、ありえるのか……」

「魔力があれば、問題なくできますよ。もともと、アイリレイアの魔力は多かったのですが、わたくしを召喚してからというもの、常時魔力を使っているうえに、巨大化するときにはさらに多くの魔力を必要としておりましたから。常に魔力を使用することにより、魔力量が増加しておりますので、なんの問題もなく、召喚できます」

顔を伏せてぶつぶつと呟《つぶや》いていたハルクに、ヴァイゼがこたえる。

「あら、そうなの？　確かに、召喚したときは魔力が減ったけれど、少し休んだら気にならなくなったわ」

「アイリレイアの魔力の回復力は、素晴らしいですから」

ヴァイゼの言葉に「あらそうなの？」と軽く返すアイリレイアに、ヴァイゼもまた「そうなんですよ」とにこにこと返事をする。

「……はぁ」

二人のやり取りを見て、ハルクが再度溜め息をついた。

「人間を召喚できる召喚士って、他にはいないんですか？」

深刻そうなハルクの様子を見て不安になった強人が、そっとフロイツに尋ねる。

「聞いたことはありませんね。そもそも、普通の召喚士は書類の転移も一日に精々三回が限度です、アイリレイアさんのように十も二十も送って、ケロッとしている召喚士などそうはいません」

「それだけではなく、給湯室の魔道具も使いこなしているしな。そっちの魔道具は用箋挟《ようせんばさ》みほど燃費は悪くないが数があるし、定期的に魔力を注いで維持しなければならない冷却庫もあるから、全体的な必要魔力はかなりの量になるはずなんだが……」

ハルクはヴァイゼとはなしをしているアイリレイアを横目で見て、小さく溜め息を吐いた。

しめる。
フロイツとハルクのこたえを聞いた強人の顔が引き攣《つ》り、それから決意したように拳を握りしめる。

「俺……ちゃんとアイリレイアを守れるように、もっともっと強くならなきゃ」

強人の言葉に、ハルクの伏せられていた顔があがる。

「ああ、是非ともそうしてくれ。さて、そういうことだから、アイリレイア嬢がヴァイゼを召喚したことは他言無用だ」

「はいっ」

「しかたありませんね」

「そ、そうね、あんなこと……何度もできないものねっ」

頬を赤らめるアイリレイアを、ヴァイゼは微笑ましそうに見つめた。

＊　＊　＊

「ヴァイゼとゴートは実技の実力は十分あるから、これから筆記の勉強をして、次の入隊試験を受ける予定なの」

食後のお茶を飲みながら、アイリレイアとミーナメーアが寛《くつろ》いでいる。あれから三日経《た》ったが、フロイツは今日も事後処理で帰宅が遅くなる予定だ。

アイリレイアは狙われなくなったので、独身者用の官舎に入っても大丈夫なのだが、生憎《あいにく》と女性用の部屋に空きがなかったため、ミーナメーアの家に居候《いそうろう》のままだった。

「それなら、アンタも昇進試験受けなさいよ。初級試験は学生のときに取っていたわよね？　今度の試験、中級と上級、両方受けてしまいなさい」

「ええっ？　無理よ、だって、勉強していないもの、一般教養だって怪しいわ」

慌てるアイリレイアに、ミーナメーアは得意げに鼻を鳴らした。

「ふふん、心配は無用よ。アンタはもう、試験に受かるだけの能力は十分あるはずよ。いままでの手紙のやりとりで、学校の授業では足りない部分は、しっかりと教えてきたんだから」

とはいえ、忘れていることもあるので、翌日からヴァイゼと強人も交えて、試験に向けた特訓がはじまった。

＊＊＊

仕事以外の時間をみっちり使い、ミーナメーアのみならずフロイツも加わっての厳しい特訓を受けたアイリレイアは、万が一にも落ちるわけにはいかないと、悲壮な覚悟で試験に臨み、中級、上級の筆記試験に優秀な成績で合格した。

そして今日は、最後の関門である実技試験を受けるべく、担当官に連れられ辿り着いた先は

——王宮の一室だった。

「な、なんで、国王陛下が立ち会うんですかっ」

ここまで一緒に来た担当官に、アイリレイアは小声で訴える。まだ、二人以外誰も来ていないが、大きな声を出すのが憚《はばか》られる荘厳な場所だった。

部屋の大きさは謁見《えっけん》の間よりもかなり狭くはあるが、正面には壇があり、玉座に近いくらい立派な椅子が置かれている。

「ペイドン召喚局長が更迭《こうてつ》されて現在空位なので、光栄なことに代わりに、総轄が立ち会ってくださることになったんです」

アイリレイアと同じように、小声で教えてくれる試験の担当官の緊張した面持ちを見て、アイリレイアは一層、不安になる。そしてもう一つの不安の要因は、一緒に筆記試験を受けた召喚士が誰もいないということだった。

「なんで、私だけなんですか？　まさか他の人達は、別の場所で試験を受けてる、とか？」

心細くて尋ねれば、担当官は残念そうに首を横に振った。

「他の方達は全員不合格でした。今回実技試験まで進んだのは、あなただけです」

「そんなぁ……」

せめて、他の人もいれば気も楽だったのにと、眉尻をさげる。

アイリレイアと担当官の二人だけで待機していた広間に、国王陛下と軍服姿のハルクが入ってきた。王が椅子に座り、ハルクがその横に立つ。

「それでは、最終試験をはじめる。アイリレイア＝セルベント、前へ」

「は、はいっ」

王の正面に膝をついたアイリレイアに、壮年の王は厳《おごそ》かに口を開く。

「常ならば、本人の最も得意なものを召喚する試験だが、今回は余の希望を聞いてもらおう」

「は？　はいっ」

アイリレイアの返事を聞いて王が合図をすると、アイリレイアのうしろに控えていた担当官が退室し、別室から肩に鷹《たか》の刺繍《ししゅう》をした軍服を纏ったヴァイゼと強人が入ってきた。

アイリレイアに先立って試験をクリアした二人は、既にハルクの部隊に正式所属していた。

二人はアイリレイアの横まで来ると、右足を引いて王に向かって膝をつき、右手を胸に置いて頭をさげる。

三人が揃ったのを見て、王がアイリレイアに請《こ》う。

「アイリレイア＝セルベント、そちらにいる兵のどちらでもいい。是非、余に人間の召喚を見せてくれ」

「え、ええっ」

目を丸くしてきょろきょろしたアイリレイアは、護衛として王の隣に立つハルクに、助けを求める視線を送るが、申し訳なさそうに、小さく首を横に振られてしまう。

そして、この部屋には事情を知る人間だけになっていることに気がついた。

あれからもう何日も経っているので、あの日取り込んだヴァイゼの唾液はとっくに効果を失っているから、ヴァイゼを召喚するにしても、もう一度口付けしなくてはならない。

強人を召喚するとしても、口付けは必須。

アイリレイアは顔を真っ赤にすると、王から視線を逸《そ》らし、精一杯の勇気を振り絞る。

「他のものを召喚するのでは、駄目でしょうか」

恐る恐るそう願いを口にしたが、ハルクに諦《あきら》めろと言われた。

顔を赤くしたり青くしたりするアイリレイアを、すっくと立ち上がったヴァイゼと強人が手を引いて立たせる。

「アイリレイア、俺を使ってくれて構わないよ。召喚されるっていうのも、興味あるし」

今回の召喚魔法に口付けが必要だとは知らない強人は、下心のまったくない純真な目でアイリレイアに微笑みかける。

その目が居《い》た堪《たま》れないと、アイリレイアは頬を赤くして目を逸らす。

「え、と……ありがとうゴート、でも――」

どう伝えればいいかと戸惑っているアイリレイアを、ヴァイゼはくるりと反転させて自分のほうへ向けると。アイリレイアの顎を指ですくいあげ、とけるような笑みを浮かべた。

「アイリレイア、どうぞ、わたくしを召喚してください」

言い終えるや否や、ヴァイゼはアイリレイアの唇を奪い、深く舌を差し込んだ。

唾液を絡《から》ませるようにひとしきり口のなかを舐《な》めたあと、ヴァイゼはすたすたと部屋を出て行った。

真っ赤になったアイリレイアと、呆然《ぼうぜん》とする強人他二名。

パタンと閉じたドアの音で、アイリレイアが一足早く正気に返り、羞恥に頬を赤くし涙目になったまま王を見上げ、両足を肩幅に開いて仁王立ちする。

「アイリレイア＝セルベント。人間召喚、やりますっ！」

ぎゅっと両手に拳をつくって宣言したアイリレイアは、大きく深呼吸すると両足でしっかりと床を踏みしめ、魔力を込めた声でやけくそ気味に叫んだ。

「我、望む！　ヴァイゼよ！　来いっ！」

大量に魔力の抜ける感覚と共に、アイリレイアの目前にヴァイゼが出現する。

魔力の余韻で光の粒を纏ったヴァイゼの雄々しい容姿と、灰色の髪に光の粒が混じるさまは神々《こうごう》しく、部屋にいた人々は息を飲んだ。

「ヴァイゼ、ただいま参上いたしました」

ヴァイゼはわざとらしいほど、美しい所作でアイリレイアの前に跪き、その手を取ると、甲に口付けをした。

「ヴァ……っ！　ヴァイゼったら――っ」

「おっと。大丈夫ですか？　魔力を使いすぎたから、目がまわるのでしょう」

　ふらついたアイリレイアを、素早く立ち上がったヴァイゼが支え、さらりと膝をすくいあげて横抱きにする。

　物語にでてくる貴公子のような行動に、アイリレイアは胸がどきどきして、顔も真っ赤になったまま戻らない。

「素晴らしい！　本当に人間を召喚してしまうとは。現代の召喚士のみならず、過去にも聞いたことはない」

　王が感嘆の声をあげ、なにか思いついたように表情を輝かせる。

「ああ、そうか！　召喚魔法というのは、召喚する対象の成分を身に取り込み、魔力を使って引き寄せるのだったな。だから、相手を構成する一部として、唾液を利用したのか。だが魔力が潤沢《じゅんたく》でなければ、人間を引き寄せることは容易ではないだろうな、ふむ」

　顎に手を当て、出された問題を解くかのようにぶつぶつと呟きを零していた王は、他の人間が注視しているのに気づき、一つ咳払《せきばら》いをした。

「アイリレイア＝セルベント、そなたの召喚魔法は素晴らしかった、よって実技試験を合格とする。今後も精進し、召喚士として研鑽《けんさん》を積むがいい」

　そう言うと、マントを翻して颯爽《さっそう》と部屋を出て行ってしまった。

「あの方は……まったく」

呆れたようなハルクに、アイリレイアがヴァイゼに横抱きにされたまま視線を向ければ、ハルクは肩を竦める。

「総轄は、魔法の研究を趣味としていらっしゃるのでな。今頃頭のなかは、いま見たことでいっぱいだろう」

「……国王陛下が、研究を趣味に？」

驚いて言うアイリレイアに、ハルクが頷《うなず》く。

「ああ、最近も、なんだったかな。確か、生まれたときには魔法の系統が決まってるとかいうテーマで、論文を発表していたはずだ。私もひととおり説明を受けたが、半分ほどしか理解できなかったな」

「えっ！　あ、あの論文を書いたのが、陛下なんですかっ？」

ハルクの言葉に興奮して身を乗り出すアイリレイアを、ヴァイゼが落とさぬように抱えなおしている。

「ああ、名は別のものを使っているがな。だから、今後もアイリレイア嬢に色々質問をしにあらわれると思うが。なんというか、まぁ、ほどほどに相手をして差し上げてくれ」

含むところのあるハルクの言い方には気づかず、アイリレイアは目を輝かせる。

「はい、あのっ、こちらからも質問をしてもいいのでしょうか？　やっぱりそれは、不敬罪になってしまうのかしら……」

王があの論文の作者だと思うとアイリレイアは一気に親しみを感じ、嬉《うれ》しそうにしながらも心配そうにハルクに確認する。

「質問するくらい構わないさ、そんなことで怒ったりする御方ではないよ。さて、無事合格おめでとう。上級召喚士の証《あかし》は完成するのに少々時間がかかるから、気長に待っていてほしい」

「はいっ」

試験を受けるのはあまり乗り気ではなかったが、試験に受かったことは純粋に嬉しく、アイリレイアは頬をほころばせて頷いたものの、ヴァイゼに横抱きにされているのが恥ずかしくなり彼を見上げて、おろしてくれるように小声で頼む。

「ずっと抱いて差し上げていてもかまいませんよ？」

「わ、私が恥ずかしいから、駄目っ」

頬を赤くして拒否するアイリレイアを、ヴァイゼはそっと床におろした。

魔力が回復してきたのか、ふらつくことなく立ったアイリレイアに、沈黙していた強人がズイと近づいた。

「陛下の言葉を聞いて、ずっと考えてたんだけど。アイリレイア、もしかして、キスをすれば俺のことも召喚できるのか？」

アイリレイアに詰め寄る強人の頭を、ヴァイゼが大きな手で押しとどめる。

「アイリレイアの魔力が回復していませんから、まだ駄目です」

きっぱりと言い切ったヴァイゼに、強人は目を瞬かせ、少し窺うような感じでヴァイゼを見上げる。

「なら……回復したらいいのか？」

「勿論《もちろん》かまいませんよ」

「え？」

強人の思わぬ言葉へ、なんの気負いもなく返されたヴァイゼの返答を聞いて、アイリレイアは息が止まりそうになった。

そして、ヴァイゼの返答を聞いて表情を固くした強人に、ヴァイゼはニヤリと笑う。

「んなっ！　その顔っ、絶対、かまうヤツだろっ。心にもないこと言うなよっ」

「おや、おや。さて、ではハルク隊長、今日はこれで帰宅してもよろしいでしょうか？」

食ってかかる強人を軽くいなしたヴァイゼがハルクに確認すると、ハルクは快く応じた。

「ああ構わんぞ。これから引っ越しか？」

ハルクの問いにヴァイゼは頷く。

「引っ越し？　ヴァイゼ、部屋を変わるの？」

兵舎で強人と二人部屋だったはずのヴァイゼの引っ越しのはなしに、アイリレイアが驚いて長身の彼を見上げる。

ここ数日、アイリレイアが昇級試験の勉強に打ち込んでいたせいで、二人に会う時間も殆《ほとん》どなく、引っ越しのはなしも聞いていなかった。

なんの相談もなかったことにショックを受けたアイリレイアだったが、もう彼はひとりの人間なんだから、仕方ないことなのかもしれないと――心の中で割り切ろうとしたら、なぜか泣きたいくらい哀《かな》しい気持ちに胸が押し潰されそうになる。

早く彼等の前から逃げ出したいと思うアイリレイアの手をヴァイゼが掴み、見上げたアイリレイアに甘い笑みを向けた。

「ええ、引っ越しますよ。では、ハルク隊長失礼いたします」

アイリレイアはヴァイゼに手を引かれ、強人を伴って王宮を辞した。

＊＊＊

「えっと……ヴァイゼ？　ここが、新しいお家《うち》？」

アイリレイアが連れてこられたのは、庁舎から近い住宅街だった。

見上げるのは、一軒の家。

「本当はもっと大きな家のほうがよいかと思ったのですが」

「維持が大変だろう、維持が」

ヴァイゼの言葉に、強人が呆れたように言う。

「業者の人間の言うままにドンドンでかい家見せられて、その気になって契約しようとするヴァイゼを止めるの、大変だったんだぞ」

「だって、部屋が色々あったほうがいいじゃないですか」

「誰が掃除するんだよ。ちゃんと、自分たちに合ったサイズってものがあるんだよ」

強人とヴァイゼはポンポンと言い合いながら、アイリレイアの手を引いてその家の鍵を開けた。

二人は大きくはないように言っているが、この家だって十分広かった。

三人が立っても余裕のある玄関、前の住人が丁寧に住んでいたのであろうとわかる、しっかりと磨き込まれて飴色《あめいろ》の艶《つや》のある柱や建具。通路の先には二階にあがる階段がある。

「ここが、わたくしたちの家ですよ」

「本当はアイリレイアの意見も聞きたかったんだけどな。試験に集中してるときに、邪魔したくなかったんだ」

強人が申し訳なさそうに眉をさげて、アイリレイアを見た。だけどアイリレイアはそれどころじゃなく、混乱している。

「え、っと。この家に、ヴァイゼと、強人が住むの？」

「アイリレイアもですよ」

目を丸くするアイリレイアに、ヴァイゼが柔らかな視線を向ける。

「アイリレイアと、強人と、わたくしが住むのです」

「え、え、ええと……っ」

戸惑うアイリレイアの手を取って、強人が彼女の目を見つめる。

「ごめんね、アイリレイア、強引で。でも、アイリレイアもずっと、ミーナメーアさんにお世話になってるわけにもいかないし、俺達も離れ離れなのはイヤだったんだ。だから、一緒に住んでくれる？」

必死な様子で請われて、アイリレイアは戸惑う。果たして、頷いていいものか。

年頃の男女三人が、一つ屋根の下……。だけど、アイリレイアの胸を埋めたのは、戸惑いよりも強いまた一緒に暮らせるという嬉しさだった。

「アイリレイア、ちょっとこちらに来てもらえますか」

ヴァイゼに呼ばれて二階にあがり、ひとつの部屋に通される。

「ここ――」

「アイリレイアの書斎です。本などは日の光を苦手としますので、日の当たらない部屋にしました。寝室は日がよく入る部屋ですので、ご安心ください」

得意げに言うヴァイゼの言葉を聞きながら、アイリレイアはキラキラした目で部屋を見まわす。ミーナメーアの書斎にひけを取らない、素敵な部屋だった。

壁に作り付けられている書架は、既に半分ほどが本で埋まっていた。その背表紙を読んで、アイリレイアは目を丸くする。

「これ……っ！　これって、もしかして……っ」

「わたくしを作った大魔導師の持ち物ですが、当人も居《お》りませんし、こちらに置かせていただいたのですが。邪魔でしたら戻しま――」

「邪魔じゃないわ！　すごい！　五百年前の本が、こんなにいい状態で読めるなんて。なんて素敵なの」

アイリレイアは慎重な手つきで一冊取りだし、ページを捲《めく》って感嘆の声をあげる。

「アイリレイアが喜んでくれてよかったです。あと、こちらに置いている機材も、もし邪魔でしたらすぐに片付け――」

ヴァイゼの声に、アイリレイアは本から顔をあげて、ヴァイゼの示す飾り棚を見ると、小走りで近づき棚に張り付いた。

「邪魔じゃないわ！　これも、大魔導師様の？　いまの器具とは違って、なんて素敵な装飾なの！　勿体《もったい》なくて使えないけれど、せめて飾っておきたいわ。ああでも、使ってこその道具かしらっ」

壁に作り付けられた、ガラス張りの飾り棚に並べられた芸術性の高い実験道具を、頬を上気させて眺めているアイリレイアのうしろで、強人が胡乱な顔でヴァイゼを見上げてコソコソと声をかける。

「アイリレイアが拒否しない、奥の手ってこれか？」

「わたくしたち二人がいるだけで、彼女はここに来てくれるでしょうが。なにか理由があったほうが、踏み出しやすいですからね」

アイリレイアの後ろ姿を幸せそうな顔で見ているヴァイゼに、強人は肩を竦め、アイリレイアに視線を戻すと、彼女の手がプルプルと震えていた。

「そ、そういうはなしは、本人のいないところでしなさいっ！　もうっ！　わかったわよ、一緒に暮らすわ！」

振り向いたアイリレイアは、怒った顔をしていたが、すぐにへにょりと眉をさげ両手を広げると、二人に抱きついた。

「私だって三人一緒がいいもの！」

あとがき

こんにちは！　こる、ですっ！　このたびは、この『最強ゴーレムの召喚士』をお手に取っていただき、誠にありがとうございます！

実はこの作品の前身として、『小説家になろう』という投稿型小説サイトで「ちいさい事はイイことです！」というタイトルの短編小説を書いておりまして、そこで生まれた主人公とゴーレムがその小説を飛び出し、こうして一冊の本になりました。叩き台になった作品は、無料で公開されていますので破天荒ゴーレムの生まれた瞬間が気になる方は、タイトルで検索していただけると嬉しいです（※超、短い作品です）。

今回も二人三脚で作品を磨いてくださった担当様、可愛い&かっこいいイラストを描いてくださった hi8mugi 様をはじめ、この本の出版に携わってくださった皆様、ありがとうございました。

そして、家事を協力してくれたあーたん、のんたん&パソコンのうえや膝のうえに陣取って、撫でるのをねだって執筆の邪魔してくれた猫達も、ありがとう。

なにより――この本を手に取ってくれたあなたへ、最大級の『ありがとう』を！

IRIS ICHIJINSHA

最強《さいきょう》ゴーレムの召喚士《しょうかんし》
異世界《いせかい》の剣士《けんし》を仲間《なかま》にしました。

2017年10月1日　初版発行

著　者■こる

発行者■杉野庸介

発行所■株式会社一迅社
〒160-0022
東京都新宿区新宿2-5-10
成信ビル8F
電話03-5312-7432（編集）
電話03-5312-6150（販売）

発売元：株式会社講談社
（講談社・一迅社）

印刷所・製本■大日本印刷株式会社

ＤＴＰ■株式会社三協美術

装　幀■今村奈緒美

ISBN978-4-7580-4987-0

●この作品はフィクションです。実際の人物・団体・事件などには関係ありません。

この本を読んでのご意見
ご感想などをお寄せください。

おたよりの宛て先

〒160-0022
東京都新宿区新宿2-5-10
成信ビル8F
株式会社一迅社　ノベル編集部
こる 先生・hi8mugi《ヒヤムギ》 先生